黃易

日月當空

卷十三

目次

第一章　作法自斃

一里通，百里明。

憑風過庭「潮汐漲退」一句話，成了整套作戰計劃的起點，一切均以此為基礎去釐定。風城現時除糧食和日用品外，最不缺的是木材，這是生火煮食和建房補屋的材料，城外的木材又是取之不盡，所以不論王堡民居，均有木材儲備。

在熟悉水性和製船的越三領軍下，即夜著手建造十二艘大木舟，百多人甚麼都不理，夜以繼日不停趕工。龍鷹的巧手和靈性發揮了很大的作用，兩天工夫造出船的龍骨，令眾人更是興奮，情緒高漲。

敵人的大軍陸續抵達，威勢駭人，城外高地，全被敵人的營帳和旗幟佔領，並設置柵欄和箭臺。

城外南面的樹木被砍伐一空，視野再無阻隔，石橋內左右各搭建起高達三丈的箭臺和前線哨站，一方面可監察俘虜攻城的情況，亦可一日十二個時辰的監察城門的動靜。

石橋外挖掘三重壕塹，內設尖木刺，隔斷了他們突圍之路，只能逐一從壕坑間的走道通過。

敵人準備就緒，果然在第三天，萬多俘虜在鞭子的驅策下，爭先恐後以手推車載著泥石包，越過石橋，將泥石包拋進護城河去，到黃昏停手時，護城河對面靠岸的河底，已堆積起斜上達二丈的泥石包，依照這速度，再有四個白晝的時間，足可截斷整個河段，剛好是洱河大潮漲發生的晚夜之前。

風過庭的「冥冥之中，自有主宰」，指的正是時間上的吻合。

龍鷹等對俘虜的填河行動視若無睹，不聞不問，只是管好自己，工作時工作，睡覺時睡覺，輪班作業，不知多麼興高采烈。

到第六天晚上，大半條河流給泥石包填平，俘虜們可踏著泥石包，填塞餘下的河段。護城河的水位在潮漲時，已溢出河面，水還滲進城裡來，但因仍有去水的護城河，未致成災，但氣氛愈趨緊張。

期間敵人不住在城外演練示威，因以爲城破在即，故而士氣如虹。龍鷹一方卻是又擔心又歡喜，擔心的是大潮的威力不夠，令他們的大計功敗垂成，歡喜的是十二艘戰舟大功告成，且在兩邊加設蒙上生牛皮的擋箭牆，又加上上蓋，仿如個大盒子，而在蓋子與擋箭牆間又有足夠的空隙讓他們發箭，如果一切若預期般的理想，他們實已立於不敗之地。

就是在這樣的心情下，他們到市集的露天飯堂祭五臟廟，而不論吃甚麼東西下肚，均感美味無比，何況丁娜四女的煮食功夫，確是了得。

龍鷹、萬仞雨、風過庭、覓難天、皮羅閣、夜棲野、兩個蒙舍詔的高手和幾個鷹族戰士，圍桌狼吞虎嚥，吃個不亦樂乎。經過這些天來的相處，大家又眾志成城，擁有共同目標，各人已親如兄弟，聊起天來無拘無束，痛快過癮。

覓難天瞥一眼天上接近圓滿的明月，道：「我擔心得要命，勝敗竟繫乎不可測的外在因素，是我從未想過的。」

夜棲野苦笑道：「人人像你般擔心得黑髮變白，幸好越三每一次都堅持，這兩天潮水進急退速，該是大潮汐的先兆。」

萬仞雨隨口問道：「今天內你問過他多少次？」

夜棲野若無其事的答道：「五次！」

眾人不約而同靜下去，接著爆起震集鬨笑，笑得眼淚水直流，其中的苦與樂，只有他們這群局內人能體會箇中滋味。

龍鷹喘著氣，辛苦的道：「讓我來報上喜訊，自太陽下山後，我的身體很有感覺，通常當這種感覺出現後，十二個時辰內會有場大風雨，就像六天前那個晚上。」

萬仞雨大喜道：「我的娘！大風雨加上潮水大漲，護城河又給填平了，少了整條去水渠，會出現甚麼情況呢？」

皮羅閣答道：「首先是山城內的小河、小溪變成暴發的山洪，朝城門沖去，但最怕是大風雨來早了，又或來遲了。」

小福子不知從何處鑽出來，直抵桌前，恭敬的道：「各位尊長和大人，我有個餿主意，不知是否行得通？」

萬仞雨道：「既自知是餿主意，就不要來煩我們。」

龍鷹見他雙目儘是得意之色，心中一動，道：「說出來聽聽。」

小福子道：「我剛才在牆頭上，看著我平時熟悉的大叔大哥，哭喪著臉的來填河，我和他們打招呼，卻沒人敢理睬我。不由想到若明晚我們去解救他們時，他們卻亂成一團，可能弄巧反拙，但假如他們曉得會發生甚麼事，當是截然不同的局面。」

皮羅閣動容道：「不但非是餿主意，且是對症下藥。小福子！你想混進他們裡去嗎？」

小福子道：「正是如此。」

萬仞雨方知被這小子耍了一著，悶哼道：「平時你不是最怕死嗎？爲何忽然這麼有膽色？」

小福子道：「我算過了，只要能瞞過箭樓上的敵人，風險極低，至緊要是各位大人別忘記我，必須接我到船上去。」

覓難天道：「箭樓上的人虎視眈眈，將他送往城下很難瞞過對方。」

小福子神氣的道：「這個我也想好了，只要今晚在甕城牆腳弄一個可容我鑽出去的小洞，到時各位大人又在牆頭弄些吸引對方的動作，我便可從牆洞鑽出去。」

眾人對他頓然改觀，他的方法不但簡單可行，且是可輕易辦得到的事。

龍鷹道：「賜准。」

小福子歡嘯一聲，飛奔去了。

丁慧笑臉如花的從煮食的地方婀娜多姿的來到眾人旁，道：「小福子因何這麼高興呢？」

夜棲野欣然道：「他想出來的東西，首次得人讚賞，當然開心。」

龍鷹關切的問道：「辛苦嗎？」

丁慧道：「辛苦，但開心。不要走，剛弄好糖水，每人一碗。」笑著去了。

龍鷹正要說話，忽又改口，向皮羅閣道：「令妹終於走出來哩！」

自那晚後，月靈一直留在王堡裡，沒人曉得她在幹甚麼，可是皮羅閣這個當兄長的也沒干涉她，更輪不到旁人說話。

覓難天道：「來了！」

月靈在房舍間出現，不知爲何，在月色下的蒙舍詔公主，更予人月夜幽靈的感覺，似個幻影。

她再沒塗上掩蓋她玉容的戰彩，卻掛上兩重面紗。

離他們尚有十多步，她停下來，輕輕道：「庭哥兒！我有事和你商量。」

風過庭現出錯愕的神色，既受寵若驚，也有帶點尷尬的不自然，向眾人擺出個無奈的手勢，然後離桌隨月靈去了。

萬仞雨向臉上詫異之色未褪的皮羅閣道：「主意是公子想出來的，令妹有新的主意，找他商討該是合情合理，爲何王子會感驚奇？」

皮羅閣道：「她從來不呼喚別人的名字，在王族內亦只叫名號。唉！事實上她罕有與人說話。對我算是特別點了。嘿！有機會再談吧！我們已習慣了不討論她。」

龍鷹和萬仞雨你眼望我眼，說不出話來。

城門兵衛所。

龍鷹一覺醒來，一時間忘了自己身在何地，還以爲仍在神都，到記起是風城，不由一陣神傷。人雅三女，一直是最令他牽腸掛肚的，但由於魔種的特性，可以令他保持在一種心無他物的持亙狀態裡，只專注於身處的環境中，但偶有失手下，那種滋味絕不好受，現在更多了美修娜芙母子，骨肉連心，眞恨不得拋開一切，與嬌妻愛兒們，找個山明水秀之地，幸福的生活著，忘掉其他所有人事。

但這樣令他神馳意飛的生活，卻只能在腦袋內打個轉，在未來一段長時間內，仍沒法付諸實行。眼前唯一可以做的事，就是堅強的活下去，應付生命裡一波接一波的風浪和挑戰。

敲門聲響。

龍鷹彈起來，把門拉開，外面是覓難天，一臉凝重之色，道：「敵人極可能已曉得大潮汐的事。」

龍鷹是眞眞正正給嚇得魂飛魄散，失聲道：「甚麼？」

覓難天道：「你到牆頭來看。」

龍鷹再沒梳洗的心情，披上外袍，與他離開兵衛所。過去的六個晚上，爲了工作上的方便，包括丁娜四女，都住在城門旁左右的兵衛所裡。

十二艘戰舟，藉滾木作承軸，移進主牆和甕城間的寬敞空間裡，只要注滿水，放下甕城的吊橋，就可來個「陸地行舟」，駛往敵人。但因覓難天一句話，他們引以自豪趕工出來的戰舟，忽然間失去了意義。

由於只用一次，戰舟只上了一重漆，但已大增其防水滲的能力。

兩人匆匆登上牆頭，皮羅閣、萬仞雨、風過庭、夜棲野等站在牆垛處，呆瞪前方。

龍鷹和覓難天加進他們去。

牆下滿是推著泥石包來填河的俘虜，人人疲態畢露，垂頭喪氣，亦沒人抬頭來看他們一眼，他們就像大群失去了魂魄的螻蟻，麻木地重複著填河的動作，見首不見尾，從這裡直延至他們被扣押的營寨。

敵人兩個部隊，在石橋外左右兩方佈下陣式，各在五百人間，守在壕塹後方，以應付來自他們或俘虜的突發情況。

石橋這邊的兩座箭樓，離他們的位置約二千多步遠，每樓駐有十二個箭手，身兼在最前線放哨的任務。

人數雖有逾萬之眾，但填河大隊卻沒有人吆喝作聲，只是默默苦幹。

太陽在右方升離連綿的山巒，天朗氣清，並不覺有龍鷹所預言的大風雨的任何先兆。護城河已被截斷，還差一、兩個時辰的工夫，敵人就可以用檑木一類攻城工具，踏著泥石包直接來衝擊城牆，俘虜們將被逼著摧毀先祖們辛苦築起的城池、自己可愛的家園，其傷痛之情，可以想見。

水位明顯比平時潮退時降得更低，越三的話，並非胡謅。

覓難天戟指前方，道：「看！」

龍鷹甫登城牆，一切盡收眼內，也像其他人般大惑不解，皺起眉頭。

就在兩個敵方部隊間，百多個白族俘虜在敵人的監視下，以砍下來的樹木，架設一個兩丈許見方的大支架。

皮羅閣道：「他們該在搭建高臺，建成後至少有四丈高。」

萬仞雨道：「若築起十來座這般的高臺，將可截斷我們的進路，那時只要把大石砸下來，足可毀掉我們的船。」

越三苦笑道：「我們的船只是急就章的貨色，絕捱不過石頭的轟砸。」

龍鷹立在城垛處，抓頭道：「但現在他們看來只是要築一座高臺，並沒有攔路的作用。噢！我的娘！老子明白了。哈哈哈！」

眾人呆瞪著他，不明白他爲何仍笑得出來，還笑得這麼開心。

夜棲野道：「龍兄弟明白了甚麼呢？」

丁娜四女紛紛大發嬌嗔，催他說出來。

龍鷹捧腹道：「各位鄉親父老、兄弟姊妹，我們眼前所見的，是最好笑的東西，皆因我們可敬的『鬼尊』宗密智，忽然風濕痛症發作，知是大風雨來前的先兆，所以心血來潮，準備重施故技，登壇作法，藉風雨之威，來顯示他的法力，內則鼓舞士氣，外則寒敵之膽。他奶奶的，這是名副其實的作法自斃。雖然他今夜可能仍死不了，但他召來的這場風雨，卻肯定是他敗亡的開端。哈！笑死我了。」

皮羅閣喝道：「大家不要笑，若給敵人的探子報上去給宗密智，他說不定能從我們對著他的法臺捧腹狂笑，察破玄機。哈！笑死人哩！」

夜棲野忽然坐下去，背靠城牆，笑得嗆出眼淚水，辛苦至極。

覓難天苦忍著笑，看著沒法忍下去逃離牆頭的丁娜四女，搖頭道：「宗密智你也有今天了，變成了個被嘲笑的大傻瓜。」

風過庭抓著萬仞雨肩頭，忍笑道：「如果宗密智蠢得大水來時，仍在高臺上扮作能呼風喚雨之狀，我們是否可對他來一頓痛毆呢？」

皮羅閣道：「那就要看他何時開始作法哩！」

龍鷹道：「小福子！」

小福子從鷹族戰士的人堆裡走出來，應道：「在！」

龍鷹道：「是時候了！」

萬仞雨過來搭著小福子肩頭，道：「我送他一程。」

小福子受寵若驚的看看萬仞雨。

皮羅閣吩咐小福子道：「好好的幹，最重要的是隨機應變，若預期中的大洪水眞的發生，所有高地均變成孤島，而洪水是不會分辨敵我的，只對做好準備的人有好處。」

覓難天道：「砍下來的樹木，都堆積在戰俘的大木寨內，如果能偷偷截斷，再加繩繫，便成可保命的浮筏。」

皮羅閣道：「一人計短，二人計長，去和你們的族人好好斟酌，塡河工作可在午前完成，宗密智那蠢蛋又要登壇作法，加上明天要攻城，敵人會讓你們好好休息，當風雨來時，你們的機會便來了。最重要的是不動聲色。」

小福子大聲應道：「明白！」

萬仞雨向龍鷹道：「我們等你的訊號。」搭著小福子到牆下去。

龍鷹取出摺疊弓，又大聲呼喚丁娜四女。

皮羅閣深吸一口氣，道：「箭樓離這裡足有二千步遠，龍兄眞的有把握嗎？」

龍鷹啞然笑道：「原來你一直不相信。」

覓難天好整以暇道：「王子你等著瞧吧！我便曾領教過鷹爺的厲害了。」

丁娜等四女嬌笑著重返牆頭，見龍鷹取出摺疊弓，大感興奮。

「錚！」

摺疊弓張開。

風過庭從夜棲野掛在背上的箭筒，抽出四支箭，遞過去給龍鷹。

龍鷹熟練的挾起四箭，只是他憑單手完成如此複雜的動作，已教四女看得目瞪口呆。

龍鷹忽然轉身，弓弦急響四次，四支箭望空射出。

慘叫聲分別從兩座箭樓傳來，各有兩人面門中箭，慘死箭樓之上。

龍鷹傳音往萬仞雨，喝道：「去！」

第二章　洱海爭霸

右城衛所前的廣場上，擺開十多個箭靶，供眾人和丁娜四女練箭之用，更輪番試射摺疊弓，爲今夜之戰作好熱身準備。

龍鷹和萬仞雨不約而同，扯著風過庭，到市集的無人露天食堂，坐下說話。

龍鷹道：「你和月靈談了多久？我們等到睡著。」

風過庭露出苦樂難分的複雜神情，道：「你不逼我，我也會和你們分享。我隨她離開這裡，上王堡，穿過宮室園林，從一條長石階登上王堡後山上的最高點，那裡有座六角亭子，不但可俯瞰山城內外的形勢，還可將不見邊際的洱海盡收眼底，風光佳絕。」

萬仞雨和龍鷹兩人不由朝王堡後的靠山望上去，前者道：「從下面看去，看到的是一排樹木，見不到亭子。」

風過庭神思飛越的道：「我和她在亭子坐下，風從洱海不斷地吹來，明月當頭下，她真有點月夜幽靈的味道。」

龍鷹好奇的問道：「她有爲你解下面紗嗎？」

風過庭道：「她找我，純粹爲了公事，不涉及男女之私，不要想歪了。」

萬仞雨不解道：「公事？」

風過庭道：「她第一句話問我，在下面城頭處，我看到的是甚麼呢？由於一直走上來，她沒說過話，所以這句話，感覺特別深刻。」

龍鷹和萬仞雨愈發感到月靈不簡單。

風過庭道：「我不知如何回答她，因覺得此問題背後殊有深意，不容易回答。在牆頭處，看到的當然是敵方的軍容和河川形勢，除此外還可以看到甚麼呢？而她不待我給出答案，就問另一句話。」

萬仞雨道：「是句怎麼樣的話？」

風過庭道：「在這裡，你又看到甚麼呢？」

龍鷹拍案叫絕，又苦惱的道：「她不可能不是眉月的輪迴轉世，這一生是回來和公子談情說愛，並與宗密智繼續惡鬥。他奶奶的熊，究竟眉月的死生之計，在何處出了紕漏？」

萬仞雨歎道：「她不但不像十五、十六歲的少女，且不像十八、十九歲，而像是看破世情，歷盡滄桑的女子。」

龍鷹道：「可是不論在洱西集，又或在這裡現身見我們，她只像另一個小魔女。」

風過庭頹然道：「不要胡思亂想了，眉月過世時，她已是個兩、三歲的小女孩。照我看，她不但對我沒有感覺，對像鷹爺般能勾掉美女魂魄的邪力亦視若無睹。任何有關於她的事，總是撲朔迷離，令人難解，她的兄長皮羅閣，竟完全拿她沒法。」

萬仞雨道：「為何你說起她時，一副沒精打采的神態？」

風過庭歎道：「從跟在她身後的一刻，到從亭子下來，我完全忘掉眉月，令我對眉月很內疚，生出辜負了她的內疚，即使看不到她的全貌，她仍驚心動魄地吸引著我。」

龍鷹思索道：「當她第一次喚你為『庭哥兒』，你有何感受？」

風過庭呆了片刻，道：「她的神態語氣，像極當時的眉月。或許只是錯覺。」

龍鷹沉聲道：「她偕你離開後，皮羅閣告訴我們，她自懂說話以來，從不呼喚別人的名字。」

風過庭劇震無言。

萬仞雨道：「除這兩句話後，她有其他提議嗎？」

風過庭搖頭。

龍鷹失聲道：「她沒有說出她心中的作戰大計嗎？」

風過庭道：「她邀我一起站在亭子旁，並肩觀看星月下的洱海，聽著她溫柔的呼吸聲，嗅著她動人的體香，還有衣袂飄揚的響聲，也不知陪她站了多久，忽然間我感到有離開的必要，因爲我抗拒她的意志力，如煙雲般消散，只好逼自己下山回兵衛所去。」

龍鷹站將起來，沉聲道：「事實上她才是最高統帥，並已做出最重要的指示，我們必須調整作戰計劃，著眼的再非一個城池的攻防戰，而是整個洱海區的爭霸戰。」

兵衛所大堂。

龍鷹、萬仞雨、風過庭、皮羅閣、覓難天、夜棲野圍著攤開在桌子上，臨時繪製以風城爲中心的山川形勢圖，舉行今夜行動前的軍事會議。敵人的位置，以紅色的旗子標示分明。

皮羅閣擔心的道：「臨時改變擬定好的作戰計劃，會否令最後的收成，因加得減呢？」

夜棲野道：「別的不論，光是派人去知會施浪詔和貴族，請他們採取行動，趁敵人的主力全給牽制在這裡的良機，分別攻打越析詔和蒙巂詔，肯定是有利無害。」

萬仞雨道：「於我們中土人來說，這招叫『圍魏救趙』，切實可行。至於粉碎越析詔人如芒在背的戰舟隊，更是必需的，可使風城不致成爲孤城。任我們如何自負，對方的兵力可是我們的五十倍，在城牆被毀後，只要日夜不停，五百人一隊的輪番殺進來，我們能頂他們多久呢？且城內糧食終究有天會吃完，沒有補給是不成的。」

風過庭道：「只要我們能捱上百天，可打破宗密智戰無不勝的神話，大幅削減他的威望，更讓他族內族外的人，曉得他非是無所不能。當他不得不退兵時，洱海區將再不是由他話事了。」

龍鷹道：「風險的確大增，若是正面對撼，我們肯定全軍覆沒。可是我們最大的優勢，是對方完全不曉得我們竟製成了十二艘戰力強大、速度驚人的戰船，且計算精確，當潮漲達至頂點，我們該已到達洱西囚禁俘虜家屬的營寨，並完成任務，撤往洱海。希望仍是風大雨大，越析詔的洱海部隊對洱西發生的事一無所覺，我們便可奇襲他們的船隊和島上的駐軍，殺得他們片甲不留，對日後的戰事，當大大有利。」

覓難天道：「計劃雖做出大修動，卻更巧妙，以宗密智的才智，曉得我們和造反的俘虜會去營救人質，當然會涉水也好、泅水也好，趁退潮的當兒，截斷我們的回城之路。豈知我們竟繞個大彎，收拾了越析詔的洱海部隊後，施施然從後山通往第三層臺地的秘徑，返回城內，而敵人仍在城外呆等，想想便覺得冒甚麼險，都是值得的。」

皮羅閣道：「我給說服了。越三今夜離開後，不要隨我們回來，而是去聯繫所有在洱海作業的白族漁民，告訴他們越析詔的戰船隊已被打垮，再看可怎樣在各方面支援我們。」

龍鷹讚道：「好計！想不到令妹兩句話，就把整個形勢扭轉過來。該請她來代替我才對。」

皮羅閣想起了月靈，向風過庭道：「舍妹今夜會參加我們的行動嗎？」

話說出口，他這個身爲兄長的，亦感彆扭不自然。

風過庭苦笑道：「我正想問你。」

他的話引來鬨堂大笑。

丁玲進來道：「那蠢材登壇作法哩！」

在高臺四角插著的火把映照裡，一個肩寬腿長、如高山峻岳般雄偉的男子，以斗篷披風由頭罩下來，昂然立在臺子中央，左手捏法訣，右手持杖，一邊喃喃自語，發出沒人聽得懂、咒語般使人毛骨悚然的聲音，不住地重複幾個動作。

立於丘陵區高處的各大小營寨，包括處於西緣的俘虜營地，所有人都被喚出營外，參與這場開戰前的法事。

龍鷹等大部分人是首次得見宗密智，無不用心觀察掀起洱海區腥風血雨、雙手沾滿無辜者鮮血的大奸邪。

覓難天道：「這不失爲鼓勵士氣最直接有效的辦法。」

皮羅閣笑道：「我現在最希望看到的，是他曉得今次作法是多麼愚蠢後的反應。」

越三緊張的道：「水位開始上升哩！」

眾人目光投往被堵塞了河段外的流水，發現河水果然升了少許。

月靈像幽靈般來了，龍鷹和風過庭往兩邊移開，讓她站入他們兩人間，所有人的注意力，一時被她吸引。

她依然面掛重紗，悠然道：「我必須留守風城，宗密智才智高絕，惱羞成怒下，他會率鬼卒來攻城，盡屠城內之人，並守候你們回來。」

眾人無不暗抹冷汗，心忖這麼有可能發生的事，偏是他們這些自詡才智者沒有想及？

龍鷹毫不猶豫的道：「公子留下來，最好順手宰掉宗密智。」

覓難天道：「或許隨他來的還有欽沒晨日和他的親衛高手，我亦留下來，會穩妥點。」

夜棲野道：「此事不容有失，否則將是得不償失，我率一半兄弟留下來，對付鬼卒我們最在行。」

皮羅閣道：「最重要的是穩守甕城這道防線，除原定留下守城的三十人外，我再多撥十個人給你們。」

萬仞雨皺眉道：「我們豈非實力大減？在船上仍沒有問題，但若要到島上攻擊越析詔近千人的部隊，怕力有不逮。」

月靈輕柔的道：「我看過你們打仗呢！在對方千軍萬馬裡，如入無人之境，庭哥兒的兩位兄弟不用妄自菲薄了，區區千人，又是措手不及，有些仍未睡醒，怎可能是你們敵手？」

龍鷹豈肯放過她，向她笑嘻嘻道：「公主知否你的兩重面紗，對小弟沒半分阻擋作用，如果不想我透露公主花容的秘密，至少喚聲龍鷹來聽聽。」

月靈無動於衷的揭開面紗，現出塗滿戰彩的容顏，淡然自若道：「透露？看可以透露甚麼？只懂唬人。」

龍鷹尷尬道：「公主確是算無遺策。嘿！由你來當主帥如何？」

月靈道：「沒時間和你瞎纏，天神在回應我們呢！」

滾滾黑雲，從洱海一方橫空而至。

雨未至，狂風先來，高臺上的四支火把，被吹得明暗不定。

百多個營寨五、六萬人，爆起搖天撼地的歡呼吶喊，益添宗密智作法施咒的威勢。

即使心裡早有準備，仍沒有想到在傾盆大雨下，配合大漲潮，城內外會變成這個樣子。

不過一會兒，山城內已多處主溪流出現山洪暴發的情況，騰奔而下，貫通山城的斜道，則成了當然的去水道，兩邊街巷的水匯集，像水瀑般傾瀉而下，往城門沖去。迅速高漲的河水，再不被堵塞的泥石包約束，湧上堵塞的河段，還滲進城內去。

山城最低層處，頓成澤國。

已搬至甕城和主牆間的十二艘小型戰船，全浮起來。

吊橋緩緩降下，外面風雨迷茫，天昏地暗，不但看不見高臺的火把，還看不到任何營地的燈火，怕都該被颱熄了。

留守城內的人，涉著已來到胸腹的水，將戰船逐一推往城外。

領頭的戰船由龍鷹坐鎮，六人負責划船，丁娜四女是此舟的箭手，好得龍鷹保護，再配以兩個身手特別出眾的鷹族戰士，越三負責掌舵。

六支船槳，從船的兩側探出，作用只是調校方向，因從洱海湧上來的大量海水，早沖得戰船從兩座只餘下上半截的箭樓間穿過，越過被淹沒了的石橋，朝高臺的方向衝去。

戰船魚貫而出，一艘咬著一艘，像雨夜出沒的鬼船，無聲無息的向目標推進。

立在船首的龍鷹，靈覺全面開展，暗叫可惜，因爲宗密智早離開高臺，如果仍在上面作法，餵他幾刀，看看他是否刀槍不入。

大量的水，一波比一波急地從河道湧來，由於大段河道被泥石包堵截，從洱海來的河水只餘下一條支流疏導大漲潮，加上傾盆大雨下山洪暴發，河水急升，氾濫的河水以驚人的速度和威勢，注入敵軍立營設寨的丘陵區，位於高地的營寨成了一座座被水圍困的孤島，不要說來管俘虜的事，營與營間亦沒法往來。

龍鷹吩咐道：「除非能肯定是敵人，否則不要發箭。」

丁娜笑道：「接令！」

「颼！」

龍鷹滿弓射出第一支箭，此時剛繞過高臺，離俘虜營尚有二、三千步的距離。

慘叫聲在遠處傳來，聽位置，該是俘虜營外圍箭樓上的敵衛，被龍鷹神乎其技地遠距射殺。

龍鷹尚未有機會射出第二支箭，俘虜營的方向已穿透風雨的傳來一陣陣的震天喊殺聲。

四女雀躍道：「造反了！造反了！」

營地出現前方，看不見的北面欄柵傳來大幅倒塌的聲音。

四女終有大展箭術的機會，與兩個鷹族戰士，對外圍箭樓上的敵衛，以冷箭射殺之。

龍鷹收起摺疊弓，道：「繼續依原定路線繞往北邊，入洱海，我自會回到船上來。」

施展彈射，越欄投進寨內去。

廣闊木寨內的白族俘虜，在共同的目標下團結起來，發揮出爆炸性的威力。

由於敵人從沒想到會出現水淹全區的情況，所以一旦河水氾濫，立告處處失誤。

爲方便他們來填河，營地設於邊緣區最大的臺地上，萬多人被關到此處來。這是俘虜營，更是俘虜被逼製造諸般攻城工具的作坊。俘虜砍下的樹木，全被送到這裡來儲存。由於有他們的家小在手作人質，根本不怕他們造反，主要依賴在外圍的八座箭樓，監視俘虜，營內可說任得他們自由活動，等於開放式的大監獄。有起事來，附近的敵人可迅速支援。

所以當小福子成功混入他們裡去，告訴他們整個逃亡計劃，他們一邊削尖木枝製成原始的矛，又將大批的樹木，在眾志成城下，一口氣趕製了數百個木筏出來。最諷刺的是當第一聲慘叫響起，他們以原本作爲攻城用的撞車，搗毀北面的欄柵，推倒箭樓，再以尖木矛殺死任何來阻攔的敵人。

接著每十多人一組抬著簡陋的木筏，投進臺地下的洪水去，隨水飄往洱西的方向，抵達高地時棄筏登陸，朝離他們不到半里、囚禁家小的敵營，萬眾一心的衝殺過去。

龍鷹挾著小福子重返船上時，計劃的第一部分已圓滿完成，在敵人無計可施下，俘虜們逃個一乾二淨。

小福子興奮的道：「下雨時，我們趁機在北欄下開了幾個洞，將箭樓上的傢伙全收拾了。水來前，我們中身手最高強的幾百個人，已先一步去攻襲洱西的敵人，該不用再勞煩我們。」

龍鷹大喜道：「那我們改去對付越析人吧！」

十二艘戰船，改向朝洱海開去。

再沒有人分得出哪處是陸地，哪處是洱海。

第三章 出一口氣

憤怒的洱海，回復平靜，反映藍天。風雨後的山城，明媚動人。

直到看到來迎接他們的覓難天卻是神色凝重，令原本意氣飛揚的龍鷹等大吃一驚。

十二艘船除由越三和兩個蒙舍詔戰士駕走一艘，以進行另外的任務外，十一艘戰船就給拉到石灘上藏好。昨夜當他們抵達越析詔水師所在的小島，越析詔人爲避風雨，戰舟全泊在岸旁，被龍鷹和萬仞雨射殺幾個在岸邊放哨的敵人後，向仍在帳內睡覺的敵人發動突襲，戰爭變成屠殺。猝不及防下，對方根本沒有反擊之力，四散逃亡，走不及的慘死當場。此時雲收雨歇，他們奪得大批糧資兵器，又淋火油燒掉敵船，這才凱旋而歸。

從捷道登上第三層臺地的龍鷹和萬仞雨忙將負在背上的物資卸下，安放地上，與覓難天到一旁說話，其他人繼續上上下下的搬運戰利品。

龍鷹道：「發生甚麼事？」

覓難天歎道：「我們終於明白宗密智憑甚麼在千軍萬馬裡，仍可成功刺殺吐蕃王，事後又能全身而退，不過代價是三位蒙舍詔兄弟的性命，還傷了十多人，其中兩個差點救不回來。」

龍鷹和萬仞雨的心涼了半截，想不到有高手如風過庭、覓難天、夜棲野、月靈押陣，七個神鷹級和四十個蒙舍詔戰士，人人武技強橫，仍落得傷亡慘重的結果。又想到如非得月靈提醒，大幅增強守城的力量，情況更不堪設想。

皮羅閣此時從山路走上來，看到三人面色，知道不妙，過來道：「給他們攻入城裡來嗎？」

覓難天先向他報上噩耗，道：「若給他們成功登上牆頭，恐怕我們沒有一人能活命。那些鬼卒身手高強，個個悍不畏死，非常難纏。我們是藉水得利，宗密智亦是乘水之便，三百多人從水底潛過來，忽然發動，以索鉤漫牆攻上來。宗密智第一個成功搶上牆頭，兩個兄弟竟攔他不住，被他一個照面便擊殺其中一人，另一兄弟被他重創，此時公子和我都沒法分身，拚命攔截攻上來的鬼卒，最接近他的是夜棲野，見勢頭不對，轉身接著他，否則傷亡更嚴重。」

三人聽得心直沉下去，可以想像當時戰況的慘厲激烈。

覓難天道：「宗密智用的是一支獸首重鐵杖，但在他手中卻輕如飄羽，施展開來，有鬼神莫測之威，最可怕的是他似是刀槍不入，不懼一般兵器，亦不怕被圍攻，那件濕斗篷變成最厲害的護身法寶，以夜棲野的武功，加上兩個鷹族兄弟，仍吃他不住，被他重創其中一個鷹族的兄弟後，脫身去攻擊守牆的兄弟，我過去與他火併了十多招，由夜棲野勉強守住缺口。此時公主來了，與他展開埋身血戰，堪堪纏死了他。眞沒想到公主如此高明，一長一短兩把利刃，竟不在他杖法之下。到公子幹掉了三十多個鬼卒後，分身去攻擊他，宗密智才知難而退，躍往城外。」

龍鷹頭皮發痲道：「這傢伙竟這般厲害，公子亦沒法留下他？」

皮羅閣沉聲道：「我們到牆頭去，看清楚情況。」

水位仍比平常高，但昨晚城外一片汪洋的情景已成過去，石橋重新露出水面，可是由於敵營所在處的廣闊丘陵區，低窪地處洪水未退，沒有二、三天的光景，休想回復原狀。

高臺仍豎立在石橋外的平原處，臺腳五尺許高的一截，浸泡在水裡，是對曾在其上作法的宗密智無言的嘲諷。

龍鷹等來至臺上，只有夜棲野、風過庭和三個鷹族戰士在站崗。神鷹在山城上飛翔，其中兩頭還深進敵境，以獨特的鷹舞，知會主子在看不見的隱蔽處，敵軍調動的情況。

夜棲野容色蒼白，顯然身上帶傷，見龍鷹望來，苦澀的道：「我以一拳換了宗密智一腳，他像個沒事人似的，我卻吐了一口血，我一向出名能捱揍，豈知有人比我更能捱。」

龍鷹有感而發道：「我的確低估了他，這個主帥該請公主來當。」

風過庭淡淡道：「問題的確出在我們身上。首先，是對宗密智一無所知，而公主卻似是對他瞭若指掌。其次，是我們欠缺如公主般對整片土地的深刻感情，因而著眼點狹窄，未能做出長遠的考慮。但若論兩軍交鋒，天下誰能出你龍鷹之右？」

眾人無不點頭同意。

此時一個鷹族戰士登牆而來，走到夜棲野身旁，低聲道：「夜棲遲走了。」

夜棲野雄軀一顫，沒有說話。

眾人的心直沉下去，以鷹族戰士超凡的戰力和生命力，亦要栽在宗密智手上。

龍鷹忽然喝道：「本人龍鷹，宗密智你敢否與本人在高臺之上，進行生死決戰？」

聲音在魔勁播送下，遠傳開去，山鳴谷應。

敵營的人聲，逐漸消去，只餘戰馬的嘶鳴此起彼落，和山城永不休止的風嘯。

長笑聲起，下一刻宗密智現身高臺上，雙目像兩道閃電般往牆頭投來，重鐵杖收在背後，隔著逾五百丈的空間，陰森森的道：「你這漢狗有何資格和本尊決戰？不過你可以放心，異日本尊將你生擒活捉後，會把你烹煮來吃。哈，讓我玩個小把戲，讓你們這班賤人開眼界。」

說畢忽然仰首望天，手捏法訣，指著正在天上飛翔的一頭神鷹。

神鷹竟像受到影響般，出現異常之舉，盤旋下飛，倏忽間下降十多丈，離宗密智只有三十多丈時，牠又像清醒過來，振翼欲飛。

敵方兵將見宗密智如此神通廣大，爆出震天喝采聲，將被嚇得魂飛魄散的夜棲野召回自己愛鷹的尖嘯，完全蓋過去。

龍鷹見勢不妙，一手解下烏刀，另一手從夜棲野背後的箭筒抽出一支箭，先躍上牆頭，接著一個彈射，投往石橋去。

敵人的目光，全集中往天上的鷹兒，龍鷹的動作又快如電閃，竟沒人察覺他正朝高臺疾射而去。

宗密智作法的手顫震著，神鷹清醒了剎那，又被他以妖法迷住，竟筆直往他俯衝下去。

夜棲野發出一聲撕心裂肺的喊叫。

神鷹終醒過來，改俯衝爲向上，但已遲了一步，宗密智的重鐵杖沖空而去，眼看要命中神鷹的當兒，一支箭橫空而來，狠狠射在重鐵杖的獸首處，發出「噹」的一聲巨響。

勁箭寸寸碎裂，重鐵杖則打著轉投擲往遠方。

神鷹直沖高空，一個盤旋，執回小命的直飛而回。

宗密智則像被破法似的，在臺上一個踉蹌，還噴出小口鮮血，本得意萬狀的俊偉容顏，變得像死人般蒼白，雙目射出難以相信的神色。

龍鷹在離高臺五十多丈外的積水裡彈上半空，一手還提著摺疊弓，帶著大蓬水珠，大笑道：「沒資格決戰的似乎是你這個鬼屁尊，懂些旁門左道的雕蟲小技便口出狂言，冒犯我這個眞正法力無邊的老祖宗，現在對你先來個小懲大戒，稍後再踢你屁股。」

說到一半時，從最高點回落，說完最後一句話，「噗通」一聲沒入水裡，不予目射仇恨的宗密智反罵的機會。

位於山城最高層臺地的王堡，規模遠比不上吐蕃人的戰莊和戰堡，也比不上于闐的王室堡壘，只是個背山面空的建築組群，可是由於依山勢而築，周圍環境粗獷，與雄渾的靠山合成一體，仍有碉堡式的防禦力，加上敵人必須仰攻，故成了守城一方最後的陣地，也是山城的大後方。

王堡外牆以亂石堆築，厚達三尺，非常堅固。內部七組樓房，圍繞天井建造，二層至三層不等，全用山石壘起。外牆左右各有一座碉樓，作爲外圍的防禦。

最具特色的是屋頂，由於洱海區礦藏豐富，用的竟全是鐵瓦，不懼火燒。

王堡的主建築是進堡後高起三層的主殿，前設廣場，殿內底層以石板鋪地，是堡內最廣闊的內部空間，洱海王佟慕白在此處理山城的大小事務。第二層爲灶房、儲藏室和臥室。最高一層是寺廟，供奉白族人信奉的神祇。設有精緻的神龕和神像的石雕，爲主殿添上神秘的氣氛。

所有房子，向風的一面都不開窗，只在其他三面開窗，窗洞不大，是王堡的另一特色。

主殿後是另一空間，後山的水瀑分兩條河道流進王堡來，至此匯聚而成兩個徑長兩丈的水池，再從引水道流往山下去。接著是六組排列兩旁的樓房，最後方靠山處爲王堡的後花園，有方亭迴廊、小橋流水，瀑布從近頂處飛瀉而下，形成三層的水潭，也是王堡內最迷人的地方。旁有陡斜石階，通往山城最高點的亭子。

他們爲死者舉行了簡單卻莊嚴的殯儀，再由龍鷹親手調製防腐藥，抹遍屍身，以白布包裹妥當，放置於王堡的停屍間內，準備在將來運返家鄉安葬。

眾人均是提得起放得下的人，兼有龍鷹爲他們出了一口惡氣，心情好多了。兼之敵人隨時來犯，眾人心力全集中往山城的攻防戰，先將戰利品送入王堡安置，再商量如何利用山城的獨特形勢，發揮最大的戰鬥力。

以龍鷹、萬仞雨、風過庭、皮羅閣、夜棲野、覓難天爲首的三十多人，從下層走上第二層臺地。

皮羅閣道：「內外城牆和第一層臺地處於同一地平，也變成命運與共，一旦牆塌，敵人會如蟻附羶的潮湧而入，第一層臺地是整座山城一半的面積，房舍密佈，根本是無從攔截，亦沒可能守得住。」

覓難天道：「我們每少一個人，戰力即減一分，而對方的後續力卻是無窮無盡，且可晝夜不停的輪番狂攻，我們可頂二、三天，已非常了不起。」

萬仞雨道：「我們定要頂他一百天，方可能捱到有轉機。」

龍鷹輕鬆的向風過庭道：「公子今次又想到甚麼奇謀妙計？」

風過庭沒好氣道：「早知你成竹在胸，還要賣關子。」

夜棲野感激的道：「今早若非龍兄弟一箭克敵，救回鷹兒，此時敵方已士氣大振，空手也敢來攻城。現在卻剛剛相反，先後兩次的失著，大大削弱了宗密智的威望，更使人懷疑他的法力。我們則被激起鬥志，一去一回，相差極遠。」

覓難天歎道：「我對鷹爺的箭術，是心服口服。」

萬仞雨皺眉道：「龍小子，我們有很多時間嗎？」

在一旁偷聽的小福子「噗哧」笑起來，喃喃道：「龍小子！嘻嘻！」

龍鷹喝道：「還不去幫四位姊姊預備晚膳，在這裡幹啥！」

小福子一溜煙的朝王堡去了。

眾人目光全集中在龍鷹身上，看他可否在沒有辦法裡，掘出辦法來。

龍鷹好整以暇的道：「先說正常的情況。敵人以檑木和撞車，越過被填平的護城河來攻，我們則在牆頭上向敵人射箭擲石，甚或倒下滾油，與以雲梯攀牆來攻的敵人廝殺。在如此情況下，城破之時，便是我亡之日，因我們大部分人已在守牆戰陣亡，即使一個都沒死，亦沒有足夠實力和敵人展開巷戰，只能節節後退，直至退入王堡，或可再勉強多守一天半天。」

萬仞雨頹然道：「你說的正是所有人在擔心的事。」

龍鷹道：「現在宗密智對我們是非常顧忌，等閒不敢以身來犯，且因其鬼卒傷亡慘重，亦不會派他們來冒險，只能派出一般兵將，先削弱我們的戰力。這是一種消耗的戰術，只要我們運用得比宗密智更好，將以千計的敵人一批批的殲滅，令山城變成龍潭虎穴，有入無出，即使宗密智也要吃不消。」

皮羅閣道：「龍兄分析得很透徹，但怎辦得到呢？」

龍鷹道：「不論是龍潭或虎穴，都要有個入口，坦蕩蕩的地方從來都不被視爲險地。我們虎穴的入口便是城門，只要一天城牆未破，則虎穴仍是虎穴。各位明白嗎？」

覓難天欣然道：「我愈來愈感到與鷹爺並肩作戰，是平生快事，更慶幸已不是站在敵對的一方。要保住虎穴，必須保住城門。要保住城門，必須保住城牆。若我們可保住城牆，就不用這般苦惱。請鷹爺指點。」

龍鷹探手搭著他肩頭，啞然笑道：「你聽過闖龍潭虎穴會吃閉門羹的嗎？惡龍和老虎都不知多麼歡迎你這件送到嘴邊的美食。」

眾人呆了起來，才智高如風過庭、萬仞雨、皮羅閣和覓難天者，仍要似明非明，其他人更不用說，但亦知龍鷹是智珠在握。

龍鷹道：「趁洪水退走前，我們夜夜開城出擊，利用石橋和箭樓的形勢，殺得一個便一個，殺得一雙便一雙，務要掌握著主動之勢。到宗密智按捺不住，派人攻過來，力圖重奪石橋的控制權，這將是我們成功的第一步。」

萬仞雨不解道：「可是當敵人來大舉攻城，我們擔心的情況，仍不會有絲毫改變。」

龍鷹道：「當然大有分別，敵人的攻城工具，被俘虜推進洪水裡，早隨潮退被帶到洱海去。要重製另一批攻城工具，任他投進所有人力物力，沒十來天怎行？我們正是爲他們省工夫，來個大開中門，請也要請他們殺進來，藉諸般障礙物死守第二層臺地，也是我們現在腳踏處的防線，待敵人以爲城破在即，不住增兵，積聚至五、六千人時，我們來個火燒第一層，順手將第一層夷爲灰燼。然後乘勢收復有險可守的石橋，便可與宗密智進行新一輪的遊戲。哈！」

眾人先是專心聆聽，用神思索，到最後呼吸屏息，跟著爆出震城喝采叫好的呼喊聲，仿似在沙漠缺水缺糧走了多天後，終尋到水源充沛的綠洲；又像在汪洋的驚濤駭浪裡，抓著浮木。

夜棲野讚歎道：「絕！絕！絕！此戰術足可令我們至少多挺十天、半月，說不定可更長一點。」

覓難天道：「我一點不奇怪鷹爺可想出對策。當西北風往城門吹起，濃煙捲進主牆和外牆間，肯定可悶死很多人。我們還要爲第一層的房舍添柴添油，使火勢一發不可收拾，瞬間化爲滔天烈焰，將敵人燒爲灰燼。」

萬仞雨微笑道：「各位聽過『少帥』寇仲之名嗎？」

包括覓難天在內，人人肅然起敬，可見寇仲之名，無遠弗屆。

風過庭道：「龍鷹正是塞外諸族、不論朋友敵人，都公認他爲另外一個『少帥』。」

眾人再爆喝采聲，鬥志士氣直攀峰顛。

第四章　賭卿為妻

萬仞雨道：「今次，該是最後一次聚在這裡吃晚膳哩！真有點捨不得。」

他和龍鷹、風過庭、覓難天在市集的露天食堂醫肚。

風過庭同意道：「洪水退得很快，說不定明天敵人就來攻城，宗密智急於挽回威望，可命人趕製兩輛檑木車，以盾牌擋箭，便可來攻門。」

覓難天道：「今早鷹爺射中的只是宗密智的獸首杖，爲何卻可令他吐血受創呢？」

龍鷹道：「你問我，我去問誰？或許他因當場出醜，被激到吐血呢！」

「說謊！」

四人愕然瞧去，月靈像幽靈般似緩實快的來到桌前，出乎眾人意料之外的坐往他們對面。全身被一襲白色滾黃邊的長袍罩著，戴著頂素黃色的帽子，仍掛紗巾，卻不是從帽子垂下來，而是打撗扣著，掩蓋了鼻根以下部位，然而露出寶石般的一雙眼睛，又是另一番綽約迷人的風采。

眾人一時看呆了眼。

龍鷹瞅覓難天一眼，尷尬的道：「月靈這麼說，豈非指我欺騙覓兄嗎？」

月靈冷冷道：「縱然不是有心瞞騙，亦是不盡不實，語焉不詳。」

風過庭爲龍鷹解圍，向覓難天道：「覓兄勿要怪龍鷹，他有些東西，確是不可以說出來的。」

覓難天毫不介意的道：「這個我是明白的，就像我也有些事，是永遠不可以告訴別人的。」

月靈目光落在風過庭身上，道：「那由你說出來吧！」

風過庭苦笑道：「我怎可以揭他的秘密？公主不是爲此而來吧！」

月靈怔怔看他好半晌後，雙眸泛采的橫他一眼，像有點撒嬌不依的模樣，不獨首當其衝的風過庭看呆了眼，其他三人亦有神魂顛倒的感受。

月靈目光移往龍鷹，輕柔的道：「你究竟是誰？」

龍鷹笑嘻嘻道：「如果公主能解釋清楚，爲何會問這麼一個奇怪的問題，而小弟又滿意的話，說不定願給公主一個答案。」

萬仞雨和風過庭知他被月靈激起魔性，開始改守爲攻，詰難月靈。

覓難天則大感有趣，興致盎然的看著兩人唇槍舌劍。

月靈望往天上明月，雙目射出如夢幻般的神色，眾人雖仍未能窺見全豹，但只從她一雙眼睛，彷彿已可看到她的神情。

月靈悠然神往的道：「自白族的丹冉女鬼主過世後，宗密智的法力不住增長，變成洱滇區無人不懼的可怕大鬼主，到他整合蒙嶲和越析兩族，採取擴張政策，洱滇區事實上已沉淪於他邪惡可怕的法力下，幾乎無人敢向他生出對抗之心。他本身的武技，已足令他成為洱滇第一人，當他的武術與邪術結合，不但在洱滇區無人能制，找遍天下恐仍難有與他匹敵之人。否則吐蕃王怎會命喪於他手上？」

覓難天忍不住道：「沒有那麼厲害吧！」

月靈道：「這只因他的邪術仍有破綻，但因沒人有能力逼他顯露出來，造成無人能制他的錯覺。可是他在昨夜和今早，先後兩次遇上能破他邪術的剋星，對他的打擊之大，非是你們可想像，所以勿說我沒有警告在先，宗密智會不惜一切的來毀掉你們。」

萬仞雨從容道：「我可以多嘴問一句嗎？公主不過是自少在蒙舍詔長大的小女孩，為何卻可對宗密智的事，知道得比令兄皮羅閣更多呢？」

月靈淡然道：「或許有一天我肯告訴你，但不是今晚，因我先要令統帥滿意，他才願意招出自己是誰。」

風過庭道：「月靈這個名號，究竟怎樣來的呢？爲何你的名字竟是秘密？」

月靈秀眉輕蹙的道：「因何要問呢？」

風過庭雙目精光遽盛，直盯入她的眸神內，一字一字的緩緩道：「因爲丹冉女鬼主的本名，亦像你的名字般，是不可以說出來的。」

月靈怔怔的呆看他好一會兒，訝道：「你怎會曉得有關丹冉女鬼主的事？」

風過庭步步進逼，道：「先回答我剛才的問題。」

此刻的風過庭，像他能斷金切玉的彩虹劍般鋒銳難擋，熟悉他的龍鷹和萬仞雨，泛起異樣的感覺。

月靈冷然道：「我自少不愛回答問題，也從不用回答問題。庭哥兒！不要咄咄逼人嘛！」到最後兩句，聲音轉柔，還帶點大發嬌嗔的味兒，一副小女孩的情態，與頭兩句話的老練成熟，大相逕庭。

三人都怔住了。

風過庭卻是寸步不讓，微笑道：「是否所有關於你的事，均屬蒙舍詔的機密？連你的兄長也不知道，不敢干涉，包括你的名字和年齡在內。」

月靈幽幽歎一口氣，道：「既然你猜到了，爲何仍要問呢？可以待人家說完才問嗎？」

風過庭灑然一笑，向龍鷹微一頷首。

龍鷹則對覓難天道：「覓兄對我們和月靈間沒頭沒尾的古怪對話，會否一頭霧水？」

覓難天道：「當然難以完全掌握。三位與公主的關係，竟不是表面般簡單，可是我卻愈聽愈感新鮮刺激，頗有旁觀高手過招，火爆目眩的滋味。不用理會我，也不須有任何顧忌，我們已是有過命交情的兄弟，會爲你們死守秘密。」

又道：「但有一事眞的大惑難解，爲何當公主肯承認公子猜對後，你們三位都像變了另外三個人般，忽然精神抖擻，目閃奇光？」

萬仞雨欣然道：「那你更要聽下去了。」轉向月靈道：「公主勿要怪我們聯成一氣，背後自有一番美意。」

月靈嗔道：「人家在幫你們的忙呵！你們卻審問我這個那個的，算哪門子的道理？」

刁蠻的小女孩又回來了。

三人早習慣了她的睿智和成熟風韻，一時竟不知該如何「對付」此刻的刁蠻公主。

月靈旋又回復一貫離漠自閉的狀態，淡淡道：「還要聽下去嗎？」

風過庭道：「我曉得公主要來便來，要去便去，不過因事關重大，請勿逃離現場，否則我們會像吊靴鬼般跟著你。」

月靈沒好氣道：「誰要當逃兵呢？自從在洱西集碰上你們後，我一直跟著你，因爲沒有更好的事可以做。更怕你們在不明白的情況下，吃宗密智的大虧。但直到昨夜，親眼目睹你庭哥兒逼退不可一世的宗密智，才眞正看到希望的曙光。但直至這一刻，仍弄不清楚你們爲何要到洱海來。可以告訴我嗎？」

萬仞雨道：「我們到這裡來，在洱西集遇上你，現在又並肩作戰，死守風城，沒有一件事是偶然的，是注定了的緣分。可以這麼說，在下和龍鷹，只是陪庭哥兒來接新娘子的兄弟。哈！眞爽。」

月靈一怔道：「誰是新娘子？」

風過庭微笑道：「現在仍未弄清楚，但很快會清楚了。」

月靈一雙美目異芒爍閃，令她寶石般的眸珠流光溢彩，動人至極。語氣卻平靜至近乎冷酷，道：「你們扯得太遠了，現在我只關心宗密智的事，你們難道一點不著緊嗎？事情有緩急輕重之分呵！」

風過庭道：「公主是否受到不可嫁人的法規約束？」

三人明白過來，月靈正是蒙舍詔的女鬼主，又或大鬼主的繼承人，故而一切有關她的事甚至名字，均要保密。

月靈白他一眼，眼睛像在說爲何明知故問呢？只要不是盲的，便看出月靈對風過庭，非是沒有情意。

龍鷹插言道：「既然大鬼主不許嫁娶，那宗密智又是如何來的？他的父母均爲法力高強的大鬼主。」

月靈從容道：「其中牽涉到鬥法和破法，宗密智之母該是被偵知了一個絕不可以被掌握的秘密，加上生出情愫，故不得不委身下嫁。」

風過庭漫不經意的道：「我和公主賭一把，如果我能夠說出公主出生的年、月、日，公主就乖乖的嫁給我風過庭，爲我生兒育女。」

包括月靈在內，四人目瞪口呆，只懂瞪著他，一時靜至鴉雀無聲，落針可聞。

足音傳來。

夜棲野匆匆走至，見月靈在座，恭敬的請安問好。然後道：「是時候哩！」

城門打開，吊橋降下，二十多騎從風城馳出，朝石橋奔去。守在壕塹後的一隊五百人的敵兵，從打瞌睡裡驚醒過來，嚴陣以待。

昨晚敵我雙方，人人一夜沒睡，但由於龍鷹一方掌握主動，又是洪水氾濫的大贏家，士氣精神大有分別。宗密智的大軍接連受到重挫，被敬爲天神的宗密智更在眾目睽睽下吐血受傷，情緒之低落，是從未有過的，個個沒精打采，只希望龍鷹等只是裝腔作勢，揚威耀武，不是眞的來衝擊他們的封鎖線。

一個小將從後方策騎奔來，準備指揮己軍作戰時，從龍鷹摺疊弓射出的冷箭，從天而降，破入他的頭盔，貫臉斜入，小將發出臨死前的慘嚎，墜跌下馬，右腳仍被馬蹬纏著，戰馬尚不知主子已中箭身亡，拖曳著屍身，發出驚心動魄與地面磨擦的響聲，揭開戰爭的序幕。

敵營號角聲起，數隊騎兵從各營地馳出，前來增強防禦。

壕塹後豎起十多支大火把，照得前線陣地明如白晝，可是二百多步外的石橋，和由此直至風城，卻沒有半點燈火，黑漆一片，於敵人來說，是敵暗我明，只能憑蹄聲推斷來犯者的距離。

慘叫聲接連響起，前排的盾手完全起不了遮擋的作用，後方己軍不住有人中箭倒地，陣內的箭手部分受驚下盲目朝前發射，卻全被黑暗吞噬，對龍鷹一方沒有一丁點兒的威脅力。

指揮的軍頭見勢色不對，一聲令下，全體五百人半跪下來，豈知又一支冷箭無聲無息的射來，穿過盾牌陣，穿過軍頭的頸項。前線敵軍一陣混亂，人心惶惶。

驀地一道黑影沖天而至，進入火把光映照範圍，箭手們不待吩咐，百箭齊發，但哪來準頭？全射在空處時，對方越壕而至，從天降下，刀光打閃，六、七個仍半跪在地上的敵軍，立告身首異處。

龍鷹手提烏刀，趁敵人仍驚魂未定之際，大開殺戒。敵人給他重百斤的烏刀劈在鐵盾上，發出「噹噹」鳴響，尚未有還擊的機會時，已給他連人帶盾劈飛，魔勁從盾牌侵襲其身，硬被震斃，加上他進退如風，忽左忽右，刀勢擴展又收縮，所到處敵人拋擲倒跌，再難成陣。

此時萬仞雨、風過庭、覓難天和夜棲野四人越壕而來，投進戰鬥，不片刻衝擊得敵方的五百前線軍支離破碎，潰不成軍，伏屍處處。

敵人的前線陣地，本來並非如此和稀泥，不但築起土壘，又設置欄柵等障礙物，不過洪水一來，所有東西都被沖刷得乾乾淨淨，連壕塹底插著的尖刺，亦隨泥起出來，所有軍事防禦，一夜之間化為烏有，只能憑血肉之軀去捱五大高手的狂攻猛打。

當敵人援兵馳至，龍鷹發出尖嘯，越壕而返，朝石橋掠去。

數十騎從壕坑間的過道，奔出前線陣地，彎弓搭箭朝正沒入暗黑中的龍鷹等人發射，也不知有否射中時，兩邊箭如雨下，敵方騎兵紛紛中箭墜馬，戰馬受驚下，空騎掉頭奔回去，撞入正從過道蜂擁而出的騎兵去，登時亂作一團，更有戰士連人帶馬，掉進壕塹去，馬嘶人叫，再沒法組織有效的攻勢。

原來石橋近風城的兩座箭樓，早被鷹族佔據，他們的箭技名震洱海，現時居高臨下，又目標明顯，誰人能闖過他們的箭關？

敵陣戰鼓聲起，兩隊步軍從八條過道操出來，在壕塹外組成陣勢，雖然個個疲態畢露，但持盾提刀的，仍有一定的威勢。

戰鼓聲再起，以千人組成的部隊，步履穩定的朝石橋推進。前排平持鐵盾，後面的盾牌全斜舉過頭，組成嚴密的盾陣。

他們十個一排，剛好是石橋的寬度，可見不是胡亂衝鋒陷陣，盡顯其訓練有素的陣勢軍容。

戰鼓聲變，急而短促。

敵人齊聲發喊，由穩步前進改爲急步奔跑，殺往石橋去。

藏在盾陣後的箭手，勁箭離弦望空投往石橋，還燃起四支火把，照亮了大半截石橋，立即爲敵人挽回初戰失利的頹勢。

到踏足石橋，橋上仍不見人蹤，預期的冷箭亦沒有從箭樓射下來。

領軍的小將心知不妙，不過已到了有去無回的形勢，硬著頭皮往長達三丈的石橋另一端衝去。

倏地人影一閃，龍鷹衝上石橋，於近盡端處單憑一人一刀，截著敵人。烏刀採的全是砍劈和橫掃等大開大闔的招數，刀刀魔勁十足，被劈中者，不論是高手還是低手，哪想過竟有百斤重的刀？因此，均如給大石頭狠砸一記般，不是連人帶盾牌、兵器往後拋飛，就是給掃落河去。

龍鷹側身一腳撐在一敵肚腹處，令那不幸的敵人往後退飛，撞倒了七、八個自己人後，自知後勁不繼，往後退開。

整道石橋全是一鼓作氣殺來的敵人，沿石橋綁上火炬，照得長橋一片血紅，箭樓上的鷹族戰士又施箭襲，踏上橋者全變成活箭靶，十多次呼吸下，橋上已是伏屍處處，鮮血從橋上淌往河水裡，情況使人不忍卒睹。

龍鷹退下，萬仞雨和夜棲野兩大生力軍補上，氣勢如虹下，竟殺得敵人節節後退，不論進者退者，都要踏屍而行。一時喊殺連天，震動著山城和其外的丘陵荒野。

戰爭牽動了敵人全軍，不住有人來援，在壕塹外佈陣，準備接替退下來的己軍。兩隊箭手在盾陣的掩護下，趨前至石橋兩邊，隔岸向兩座箭樓展開還擊，鷹族戰士沒有還擊，卻不知是躲在擋箭板後，還是人去樓空。

石橋成爲兩軍交鋒的樽頸地帶，在黑夜的籠罩裡，成爲整個戰場的要隘凶地。

萬仞雨和夜棲野接近油盡燈枯時，風過庭和覓難天取而代之，守在橋頭。

敵方將領乘勢召回傷亡慘重打頭陣的部隊，換另一批人攻來。人未至，敵方箭矢漫空驟雨般灑過來。

龍鷹見勢不妙，大叫一聲「扯呼！」領頭往風城奔去。

敵方的指揮將領久經戰陣，立即吹響號角，已登橋者忙往兩旁讓開，蓄勢以待的騎兵隊再無顧忌，快馬加鞭的奔過石橋，朝吊橋的方向趕去，當敵方的指揮看到己方騎士及時奔上吊橋，喜出望外下不虞有詐，發出全面攻城的命令。

第五章　將錯就錯

黎明前的暗黑裡，雙方都是枕戈待旦，靜候決戰的時刻來臨。形勢清楚分明。

第二層臺地的邊緣，架設了以家具雜物築起來的防線，以阻擋敵人藉索鉤或雲梯等工具從左右攀攻。

從底層往第二層臺地的斜道處，設置了兩重滲透火油的滾木陣，蓋以厚布，以免火油氣味外洩，惹起敵人的警覺。滾木陣後敵人視線之外，再有一重滾石陣。而最巧妙處，是選了十多間在箭矢射程內，裡面作特別容易著火的佈置，又容易蔓延往周圍的房子，於其瓦頂放置密封的瓦罐，內載火油，又在屋頂開孔，只要以箭射破罐子，火油可灑往屋內去。而在此發生前，敵人一點都嗅不到火油的氣味。

半個時辰前，敵人已逐屋破門而入，搜遍二千多座民房，以防內藏伏兵，又運進數十輛用來強攻斜道的撞車，同時佔據內外城牆，藏兵於民房背北的一面，一切準備就緒，等待第一線曙光。

龍鷹、風過庭和萬仞雨坐在第三層臺地邊緣處，六腳懸空，盯著最下方的平房市集，偷空說密話。

萬仞雨道：「你怎可能算出月靈的出生年月日，那怕要眉月託夢給你才成，但她已變成月靈，沒法託夢。」

風過庭道：「我是豁了出去，不過卻是根據鷹爺死而復生的經驗推斷出來的，要保留前生的記憶，必須趁三魂七魄未消散前，重返人世，才能像月靈現在般的情況，甫降世即擁通靈的能力，故被蒙舍詔的現任大鬼主，選爲繼承人。故此，月靈的出生年月日，該就是眉月過世的年月日。」

龍鷹道：「若確是如此，那月靈應該曉得自己是眉月轉世，但看樣子她已忘掉和你的關係，前生的記憶，頂多是個模糊的影子。」

風過庭色變道：「難道我想錯了，又或許月靈根本不是眉月？」

龍鷹道：「她絕對是眉月，現在連她芳齡的一項也解開了，難怪當時皮羅閣答我，他的妹子該是十八、十九歲，語氣毫不肯定，因爲連他都給瞞著。如她肯脫掉面紗，會像小魔女或人雅般青春嬌嫩，再沒法扮成熟。哈！肯定是美人兒。」

萬仞雨道：「我雖沒有鷹爺的靈通，亦認爲她是眉月，否則太沒道理了。」

風過庭道：「我究竟在甚麼地方出錯了？」

龍鷹分析道：「你錯在將投胎的過程簡化，漏去了懷胎的一截。眉月確是在過世的那晚投胎轉世，趁蒙舍詔大酋王與愛妃陰陽交感的一刻，受孕成胎。因此大部分記憶沒法保存下來，過去的一生宛如一個漸轉模糊的夢，但智慧和法力則仍沒與她分離，否則怎可能有這般厲害的小女孩，有雙如此動人心弦的神秘眼睛？」

風過庭痛苦的道：「但賭約之事已成定局，沒法把說出口的話收回來。」

龍鷹笑道：「你和月靈的情況，有點像小弟和端木仙子，風吹雨打卻甩不開。哈！如果沒有早產遲產，年和月都不成問題，就欠日子，有三十分之一說中的機會。」

萬仞雨罵道：「虧你笑得出來，還算是兄弟嗎？」

龍鷹道：「這叫將錯就錯，卻是錯得妙不可言，公子學學小弟吧！你可說從未享受過把心中所愛追上手的動人過程，也未追求過眉月。現在眉月正賜你這個難遇的良機，讓你對她展開追求。縱然你說錯日子，她也硬指你說對了，到洞房花燭之夜，才告訴你眞正的日子。看！多麼爽！」

萬仞雨點頭道：「這確是沒有辦法裡唯一的辦法。」

風過庭仰首望天，雙目靈光閃閃，神馳意飛的道：「天亮了！」

撞車又稱衝車，頂部爲堅木所製，上蒙生牛皮，車頭以鐵板合而成尖斜狀，車內可藏二十人，以人力推動，不畏一般矢石，可直接撞擊城牆。

天色僅可見物之際，敵軍一陣鼓響，立即箭如雨發，以千計的箭雨點般朝第二層射來，全是火箭，在天空劃出無數美麗的煙火軌跡，看確是好看，卻充滿毀滅性的威脅意味。

似如三頭巨獸般的撞車，隆隆聲中，加上輪子磨擦地面的尖銳吱叫，緩緩從旁移往斜道低端，再成品字形的沿坡而上，往守城軍的陣地攻來。

由於第二層臺地比底層高起近七丈，敵人又畏懼居高臨下射來的箭矢，不敢靠近，所以火箭尚未抵達第二層的房屋，已紛紛落往屋前的空地上，暫時未能釀成火災。

龍鷹等全躲在障礙物後方，燃起火把，點燃經特製的滾木陣。

這批檑木分兩批共四百多條，先以火烘走木內水分，滲以猛火油，又包以易燃的棉布，精心炮製下，一著火立即熊熊燒起來，冒出大量黑色的濃煙，隨西北風往前冒捲，雖一時未能影響下層的敵人，卻已造成駭人的威勢。

在兩翼的人則忙著往障礙物灑上火油，視對方的火箭如無物。

龍鷹覷準敵車來勢，一聲令下，斬斷繫索，頂著檑木的木板首先抵不住巨大的壓力，朝前脫飛，二百多條「火木」，如洪水暴發，跳跳蹦蹦的帶著大量火屑濃煙，脫韁野馬般沿斜道往下狂滾，眨眼工夫已正面衝擊三輛撞車。

千奇百怪的撞擊聲震天響起，滾木在狂猛的撞擊下，彈上半空，部分繼續朝前轉動，部分橫拋開去，亦有部分被已給碰得東歪西倒的撞車硬生生攔住，而不論哪一種情況，滾木濺射火屑，且愈燒愈烈，濃煙隨風席捲廣闊的底層，房舍全陷進煙霧去。

「轟！轟！轟！」

像水流遇阻截被激起了水花般，已變成火柱的滾木亂拋亂擲，砸往斜道兩旁的房屋去，一時屋塌之聲，響個不停。

一下又一下連續密集的撞擊，加上陷入濃煙裡，車裡的人首先吃不消，紛紛棄車逃亡，沒有人的車連著滾木，朝後翻側，往斜道底直滾下去。

此時第二波的滾木陣已陷於烈焰中，冒起的濃煙令守城軍大感吃不消，龍鷹見第一批檑木收得神效，連忙發令。

檑木磨擦和撞擊斜道的可怕巨響裡，整座山城也似在害怕抖震，最後一批檑木在全無阻擋下，瘋了般直滾往斜道底部，仍是餘勢未消，近半直撞至城門口，方停止下來，將山城唯一的出口完全封閉。

守城軍齊聲歡呼。

再一聲令下，以火把點燃障礙物，然後用長竿挑起，往下投擲，障礙物便仿如天降火球，落往底層的房舍街道。

此時底層已陷於濃煙裡，敵人嗆咳之聲大作，再沒法像剛才般發動箭攻，龍鷹等趁著仍隱可見物之際，射破散佈關鍵房舍瓦頂上的火油罐，再餵以火箭，火勢愈發猛烈。

敵方一陣急驟鼓響，發出進攻的命令，在城門被火木封閉下，唯一生路是往上攻去，不用指揮催促，以千計的敵人，一手舉盾擋箭，另一手持矛提刀的踏上斜道，往上攻來，喊殺之聲掩蓋了火焰的聲音。情況慘烈至極。

龍鷹狂喝道：「放石！」

話猶未已，堆積如山的大石滾下斜道，朝衝上來的敵人無情砸去，情況令人不忍卒睹。原本氣勢如虹地衝殺上來的敵人，頭崩腳斷的隨石翻滾。

龍鷹發出命令，火箭漫空而起，朝集中在斜道兩旁，準備攻上來的敵人灑去。

席捲整個底層二千多間房舍和市集的沖天大火，一發不可收拾。

六千敵軍入城，死至只剩四百二十五人，全體被俘，在箭鋒下被逼著負起清理災場的苦差。但因龍鷹承諾何時完工，何時釋放，俘虜們非常賣力。他們之所以能保命，全因躲在河溪水池裡，避過大火和箭矢。

皮羅閣本不同意釋放俘虜的決定，但在龍鷹遊說下，終肯各讓一步，處死當中的八個將官。

龍鷹三人記起澤剛不留活口的作風，心忖如論狠辣，他們實遠及不上這些南詔部落。

龍鷹說服皮羅閣最有力的理據，是可一石二鳥，因爲將近六千焦屍，送往石橋外敵陣前，在那裡堆積成延綿三十多丈的「人山」，既可寒敵之膽，又可令敵人觸目驚心，且須花時間清理，阻延敵人的第二次全面進攻。如果俘虜明知必死，定會行險一搏，在抵達石橋時不顧箭矢，亡命奔逃。而因運屍來者，全是敵方的人，所以敵軍只好按弓不動，眼睜睜的看著。

兔死狐悲，只因物傷其類，何況曾爲戰友夥伴，把守前線的敵人，不少出現情緒崩潰的情況，當場痛哭失聲。

看著堆積如山的焦屍遺骸，龍鷹等也不好受，不過想起洱西集同樣但規模只及眼前一半的情況，也沒甚麼好說的。戰爭從來如此，自始以來沒改變過。

直到黃昏，才清理掉所有焦屍，龍鷹依諾釋放俘虜，拉隊回城。

在清理災場期間，有批敵人試圖從一側攀山來突襲，被巡邏的神鷹發現，倉皇撤走。能有如此翻山越嶺本事者，捨鬼卒還有何人？只不知是否宗密智悲憤交集下，親自領隊？

這場城內大戰，雙方沒有正面交鋒，沒有近身血戰的機會，成爲一面倒的屠殺，守城的一方只傷了七、八人，全是中了流矢，但都沒有性命之險。至此，守城軍四人陣亡，傷三十一人，於如此大規模的戰役中，可說是微不足道，但對守城軍來說，卻有一定的影響。

他們曉得若敵人再攻入城內，肯定守不住第二層，遂把防線後撤，退守第三層臺地。

龍鷹又使攻心之計，索性盡開兩門，卻在甕城和主城間，堆滿柴枝和焦炭，令敵人在未擬定策略前，不敢輕進。

龍鷹、風過庭、萬仞雨、覓難天、夜棲野和皮羅閣六個守城軍領袖，來到丁娜四女居住的平臺，憑桌而坐，恰可以俯瞰城裡城外的情景。

夕陽斜照下，災場仍不時冒起陣陣輕煙，提醒他們慘烈的戰爭，在不久前發生過。

勝利帶來的喜悅是短暫的，在目睹大量死亡下，既麻木又是難以負荷的沉重。攻守雙方莫不承受壓力和折磨，且知沒有別的選擇，只能咬著牙堅持下去，直至一方被徹底擊垮。

皮羅閣道：「事實上我們已失去石橋要隘，因爲沒法負擔更多的傷亡。」

覓難天沉聲道：「敵人再不會重蹈舊轍，會先把兩重城牆拆掉，再在下層臺地建起堅固的防禦設施，方會發動另一次進攻。」

萬仞雨道：「如此我們可以多頂十天到十五天，不過敵人已成復仇大軍，人數雖從五萬驟減至四萬餘人，但仍有足夠實力對第三層展開潮水式夜以繼日的狂猛進擊，而我們的條件，比之在石橋禦敵，更有不如，今早的一套再不可行。」

龍鷹斷然道：「不！我們定要死守第三層，因一旦失守，只餘退守王堡的最後一著，也是死著，且失去通往後山石灘的生命補給線。」

向皮羅閣問道：「我們還有多少火油儲備？」

皮羅閣頹然道：「只餘少量，該夠用來點燈吧！但絕用不了多久。」

夜棲野道：「既然如此，何不到石橋與敵人決一死戰？」

風過庭道：「我們可以捱多久呢？」

夜棲野乏言以對。

萬仞雨見龍鷹仍是神態輕鬆，大訝道：「龍小子又想出甚麼陰謀詭計來？」

眾人精神大振。

龍鷹好整以暇道：「各位大哥，有否想過我們的山城內，城裡有城呢？」

眾人一時仍未會意過來。

龍鷹補上一句道：「且此爲沒牆之城，故對方根本無牆可破，只能憑雲梯一類攻城工具攀攻，所以只要我們設計出專門對付雲梯的武器，便可硬將敵人擋於第三層臺地下。」

覓難天拍桌叫絕，道：「鷹爺眞乃非常人，爲何這麼顯而易見的厲害手段，我們偏沒想到？」

萬仞雨明白過來，遽震道：「對！只要拆掉斜道，第三層立成六丈高臺。如果夠時間，該把接連底層和第二層的斜道也拆掉。我們先在第二層禦敵，守不住再退往第三層，令敵人沒法一鼓作氣的攻來。」

皮羅閣興奮的道：「對極了！我們可將從斜道拆出來的泥石，沿臺緣堆築爲土石牆，既可增加高度，更可成擋箭牆。」

丁娜四女捧著飯菜來了，丁慧笑道：「看各位大爺笑逐顏開的模樣，便知想出了克敵的大計。」

四女同時向龍鷹大拋媚眼兒，她們心中所想，是路人皆見的事。龍鷹則心中叫苦，他自出生以來，從未如此心疲力倦，但四女卻似是被戰爭喚醒了她們血液裡裸形族的野性，作戰時悍如雌獅，勾引起男人來，則毫無掩飾或保留。最要命的是不知是否因共事一夫慣了，一旦認定龍鷹，便對其他人不假辭色。

夜棲野雙目放光道：「怎會有魚、有肉，還有鮮菜呢？」

丁娜來到龍鷹身後，雙手按在他肩頭上，輕輕揉捏，笑臉如花道：「你們在城外時，越大三兄弟和十多個漁民送糧來了，還說他們正召集逃離風城的人，到來助你們守城。放下東西後他們又循原路回去，小福子也跟他們一道走。這小子給死屍嚇壞了，說五、六千人陰魂不散，絕不是說笑的。」

說畢低頭湊到龍鷹耳旁道：「今晚我們四姊妹就在這裡等候龍爺。」

四姊妹嘻嘻哈哈的去了。

看著龍鷹一臉尷尬神色，覓難天大奇道：「鷹爺風流之名，傳遍中土、草原、沙漠和高原，於男女情事上能征慣戰，因何竟在面對風流陣仗時，一副愁眉苦臉的模樣，難道傳言有誤？」

眾人聽得捧腹狂笑，大減因戰爭而來的沉重。

皮羅閣匆匆吃兩口後，起立道：「我先去研究一下如何夷平斜道，並準備適合的工具。每一個人都動手，對嗎？」

風過庭道：「這個當然，最好找個大鐵鎚給我們的鷹爺，他可由天黑砸至天明，將整條斜道鎚成碎粉，那便不用回來做苦工，伊人等也沒法怪他。」

眾人再開懷大笑。

龍鷹斜眼睨著風過庭道：「眞風趣！公子的心情很好。」

風過庭向他舉手致敬禮，動作出奇地瀟灑好看，人仍是那個人，卻與以前的他截然有別。但不同處在哪裡，熟悉他的萬仞雨和龍鷹都沒法說出來。

夜棲野起立道：「我陪王子去。」隨手抓起兩個肉包子，追著皮羅閣去了。

龍鷹豎起耳朵道：「公子的未來嬌妻到哩！」

輕盈的足音，繞屋而至。

第六章 婚姻約定

月靈仍是那身裝束打扮，只露出一雙眼睛，在四人對面坐下，就像上一次的對話，從沒有間斷過的延續下去。四人都生出奇異的滋味。

月靈寶石般的眸珠，持亙在某一抽離和冷漠的狀態中，向風過庭平靜的道：「說吧！」

風過庭深吸一口氣，沉聲道：「公主是否在十五年前的某一天出生？」

時間似在這一刻停頓了。

龍鷹和萬仞雨固然像風過庭般緊張，如等候判決的囚犯。因爲月靈的反應，將一錘定音，判別生死。即使不知情的覓難天，亦大感香豔刺激，眼前撲朔迷離的神秘女郎，竟仍未足十六歲，是多麼離奇難信的事。

月靈如不波止水，沒有絲毫可提供線索的反應，令人可以掌握她芳心的奧秘，從容自若道：「休想我說是或否，除非同時說出月和日。但要我嫁你嘛！必須說出時辰，還要呼喚我眞正的名字，令我情難自禁，如此方可解開成爲大鬼主時立的咒誓。」

四人聽得面面相覷。

月靈道：「即使你們能打敗宗密智的軍隊，但要殺宗密智仍非易事，他是有邪靈附體的人。以前我一直以為丹冉大鬼主因為鬥不過他而落敗身亡，可是當統帥一箭射中他的法杖，卻令我的看法改變過來，丹冉大鬼主是以她的生命，向宗密智發出最凌厲的咒誓，故此直至今天，宗密智仍在找尋丹冉的骸骨，得之才能破解加之於他身上的咒約。統帥那一箭傷的不是宗密智本人，而是附體的邪靈。」

覓難天倒抽一口涼氣道：「世間眞的有邪靈？」

月靈淡然道：「你感覺不到，但我卻感覺得到，附於宗密智身上的邪靈，來自遠古的年代，是最強大和可怕的靈體。所以我想請問統帥，你憑甚麼創傷邪靈？」

龍鷹道：「為何不問你的庭哥兒，他又是憑甚麼逼退宗密智？」

月靈沒好氣的瞄風過庭一眼，道：「我的庭哥兒？到他說出我的時辰八字，又喚我的名字才算吧！現在我要說的，關乎到最後的成敗。你們和丹冉大鬼主，當有一定的關連，否則我不會在洱西集碰到你們。如果你們的目的是要殺宗密智，便該和我合作。」

萬仞雨探手抓著風過庭，苦笑無語，三人心中明白，他們能凌駕於月靈之上的那少許優勢，已在月靈新鮮熱辣的婚嫁條件下，化為烏有。要猜中月和日，已屬純粹碰運氣，但仍有個譜兒，時辰更只有亂撞，名字則是絕無可能。

覓難天瞧瞧月靈，又瞧瞧三人，摸不著頭腦。

月靈像有點不忍似的，語調轉柔，道：「庭哥兒憑的是他奇異的劍和沒人可改移的心志，那是一個頂級劍手的修行，我當時已心中明白。可是統帥那一箭，我卻完全沒法捉摸，可以想像宗密智的驚懼，絕不會在我之下。」

轉向龍鷹道：「你是我不明白的東西，處於我的靈應之外。庭哥兒介紹你給澤剛認識時，稱你爲龍神巫，該是事出有因吧！對嗎？」

龍鷹訝道：「公主爲何厚彼薄此，只肯喚庭哥兒，卻不喚我鷹哥兒呢？」

萬仞雨道：「龍鷹告訴她吧！」又向月靈道：「公主亦該向我們顯示誠意，至少先證實庭哥兒是否已猜中公主的芳齡。」

覓難天插言道：「或許我是旁觀者清，事實上月靈大鬼主早已清楚表明庭哥兒說中了她的出生年分，否則何需再重重設關口，加上新的下嫁條件，而只要一句『錯了』便成？」轉向月靈道：「本人看錯了嗎？」

三人心中暗讚，覓難天畢竟是老江湖，故意兜個彎去問她，點出她既已默認了，何不加以證實，以顯合作的誠意。

月靈輕柔的歎了一口氣，緩緩道：「說出了口的話，我是沒法收回來的。」

龍鷹微笑道：「我也沒法向一個連我的名字亦不肯呼喚一聲的人，透露我的秘密。」

覓難天以中立者的姿態，道：「江湖有江湖的規矩，所謂『你敬我一尺，我敬你一丈』，大鬼主怎都該有點表示，讓他們的心中可以舒服點，有臺階可下。出來走江湖者，很多時候爭的便是這口氣。換過是我，公主如此一步不讓，早已拂袖而去。」

三人知他在助攻，換個方法，軟硬兼施，都盯緊月靈，看她會否先拂袖而去。此女不論才智言行，總是使人難以測度。

月靈一雙美目流光閃溢，異采漣漣，奪人眼目，幽幽道：「不要強人所難好嗎？我已顯示出最大的誠意，向庭哥兒說出了嫁他的條件，我從未想過會向一個男子吐露這個秘密。這是個有絕對約束力的約定呵！」

眾人爲之氣結，要符合她設下的婚嫁契約，與摘取天上明月，難度上沒有多大分別。

風過庭灑然笑道：「你不是從不喚別人的名字嗎？爲何又肯喚我做庭哥兒呢？」

月靈看著他的笑容，微怔一下，雙目似蒙上薄霧，現出迷茫之色，道：「是我不好，當時我感到庭哥兒三字很耳熟，不由衝口說出來，破了口戒。唉！不要在此事上繼續糾纏好嗎？噢！你們有甚麼問題，幹啥這樣瞪著我？」

覓難天看看月靈，又看看狠盯著她的三人，茫然道：「發生了甚麼事？」

萬仞雨仰望壯麗迷人的星空，喃喃道：「我的老天爺！小子服哩！」

龍鷹大力一拍風過庭肩頭，歎道：「雖然尚有一關，可是人算怎及天算，其他一切，終可迎刃而解。」

月靈清醒過來般，皺眉道：「你們在說甚麼？是否瘋了！」

風過庭送她一個燦爛的笑容，雙目射出可令任何女子心顫的深情，灑然道：「我們的確瘋了，卻是樂瘋了。言歸正傳，公主只須曉得我庭哥兒和統帥均有撲殺宗密智的能力便成，何用查根究柢呢？」

月靈狐疑的審視三人與前截然有異的神態，苦惱的道：「有些事是你們不明白的，可能導致功虧一簣，所以我必須清楚你們真正的情況，方可擬定計劃呵！」

龍鷹壓下因風過庭得償大願而來的興奮。那是個多麼漫長艱困的過程。從憑空猜想，茫無頭緒；從希望到失望，又從絕對的黑暗看到光明，到現在不曉得自己是眉月的眉月，活色生香的坐在眼前，那哀樂在其中的滋味，只有他們三兄弟明白。

嘻皮笑臉的道：「公主放心，我們都忽然變乖了，變得聽教聽話。嘻嘻！可是公主也要乖一點，不要說話總是天一半地一半，使我們摸不著頭腦。」

月靈落在下風，先瞄風過庭一眼，妥協的道：「好吧！讓我先解釋有關宗密智的情況。要真正殺死宗密智，必須於殺他的一刻同時殺死他附體的邪靈，否則仍是功虧一簣，因這可怕的邪靈，已透過宗密智取得強大的力量，會帶著宗密智的思識，投胎轉世，繼續存在。」

覓難天道：「靈體無影無形，如何可以殺死呢？」

月靈沉聲道：「本來是這樣子的，可是從統帥一箭命中宗密智的法杖，竟可令宗密智吐血，正顯示了丹冉大鬼主以死亡做出的咒誓，已神妙地約束了邪靈，令邪靈從無影無形，變爲實體，邪靈從此受宗密智軀體規限，再不能擁有無遠弗屆的神通，大大削弱了邪靈的異力，也使宗密智從一個沒法殺死的人，變成一個或可以殺死的人。」

覓難天長長吁出一口氣，道：「世間竟眞有此異事，教人難以相信。」

龍鷹三人則豁然而悟，掌握到眉月與宗密智兩大神巫間，箇中詭險奇譎，別開生面的長期鬥爭，牽涉到生死輪迴、邪靈附體。而他們的戰爭，現在正抵達分出勝負的階段。

看著月靈，那種朦朧迷離的感覺，是怎都沒法清楚形容的。

她的離漠和神秘，性感而誘人，透過她糅集著成熟風韻和少女情懷的奇異氣質，呈現出千變萬化、難以捉摸的風情。以前的風過庭曾離開過她，但現在的風過庭縱死亦不願和她分離。

萬仞雨道：「是否若殺的只是宗密智，丹冉對他和邪靈的咒誓將會失效，邪靈再不受約束？」

月靈道：「正是如此。」

風過庭道：「那如何可把邪靈同時殺死？」

月靈道：「問統帥吧！他曾和邪靈正面交鋒，該比我更清楚。」

三人目光轉往龍鷹，此子仍是喜翻了心兒的情狀，聞言道：「邪靈只有一個破綻，就是與宗密智的『一線之繫』，這連接點會隨邪靈不住改變，只要命中此一破綻，不論在宗密智身體任何一個部位，均可令人靈俱亡。那時庭哥兒便可載美而回，讓公主不住為夫君大人生兒生女。哈！爽透哩！」

月靈嗔道：「說不了幾句話，便沒正經的。唉！但我得承認你是神通廣大，我更感應不到此連接竟會不住改變，還以為固定在眉心之間。」

萬仞雨罵道：「老毛病又發作了，記著公主是庭哥兒的未來嬌妻，怎容你調戲？」

龍鷹哂道：「我對你萬爺的芳華大家難道會守規矩嗎？看！有影響你們的恩愛沒有？哈哈哈！」

覓難天欣然道：「雖然我有局外人的感覺，仍能分享你們間真摯的情義和歡樂。」

龍鷹正容道：「說出來覓兄或許不相信，但你能坐在這裡，絕不應只是個旁觀者，而是老天爺一個巧妙的安排。我有一個直覺，你將會得到一直求之而不得，夢寐以求的某一事物。別忘了小弟是龍神巫。」

覓難天露出黯然之色，像在說自己已失去最珍貴的東西，怎可能有可以替代的，使三人記起他追到南詔來的原因。

月靈靜心聽著，沒因他們岔開話題現出半絲不耐煩的神色。不知是不是有著她是眉月的定見，總使人感到她有駕御一切的奇詭力量。

四人目光又落到她身上去。

月靈道：「在洱西集初遇你們，統帥是如何感應到我的呢？」

龍鷹現出回憶和深思的神色，一本正經的道：「感應便是感應，當時並不覺有任何與以前感應不同之處，不過給公主如此特別的點醒，該是公主認為我理該沒法察覺你隱藏一旁，而我當時的確感應到你，那即是說公主的心靈露出了不該有的破綻。哈！我明白了！」

月靈問道：「明白了甚麼呢？」

只看她著緊的神情，便知龍鷹不單說中她的心事，且還牽連到其他更重要的東西。

覓難天道：「請恕我愚鈍，鷹爺的分析細緻入微，令我佩服，但對有人密藏附近而生出感應，因的是靈銳的感覺，有何值得討論呢？」

龍鷹道：「我要直至抵達公主藏身的破屋旁，公主透窗外望的一刻，方察覺公主在旁窺伺。可知在那剎那，公主露出了不該露的破綻。哈！如果我沒有猜錯，公主當時該是看到她的庭哥兒，忍不住問自己，為何這個英俊不凡的人，予人家似曾相識之感，又為何人家竟對他一見鍾情呢？哈哈哈！」

除月靈外，眾皆莞爾，想不到這小子兜兜轉轉，最後仍是逗弄月靈。

月靈出奇地沒有大發嬌嗔，只沒好氣地狠盯他兩眼，再瞅風過庭一記後，道：「不論是我還是宗密智，習的是靈術，均有與萬化冥合的本領，故此，統帥感應不到我是正常的。唉！我還以為統帥有追蹤宗密智的本領，但現在已好夢成空。我們或可擊敗他的大軍，卻永遠沒法殺死他。」

風過庭微笑道：「公主放心，即使他能遠遁而去，我也曉得可在何處尋到他，並將他殺死。」

月靈目射奇光，道：「在哪裡呢？」

風過庭微聳雙肩，做了個瀟脫好看的動作，道：「天機不可洩漏，只要公主乖乖的跟著我庭哥兒便成。」

接著的十天，龍鷹、萬仞雨、風過庭、覓難天與夜棲野等十七鷹族戰士，白天睡覺，晚上便出城襲敵，非只是擾敵，而是硬碰硬撼的和對方打硬仗，見勢不妙時回守石橋，然後重施故技，到逼退敵人方返城休息。務使對方察覺不到城內的變化，以爲形勢如舊。

到白天時，敵人又會以撞車、雲梯來攻城，雖非大規模的全面進攻，也令皮羅閣不得不率領手下全力應付。十天下來，甕城已變得左崩右缺，幸好主城牆仍完好無缺，不讓敵人窺見內中的玄虛。

在城池的攻防戰裡，進攻的一方並非只是單純的攻，防守的一方亦不是單純的守，必須做到攻中有守，守中有攻。

敵人的攻城，不但可藉機操練兵將，更是保持士氣的方法。

龍鷹等的出擊，更是守城一方的金科玉律，所謂「守城不劫寨」，只是死守，固必出奇用詐，以戰代守，以擊解圍。

到第十一天，敵人在準備充足下，終於對風城大舉進攻。

龍鷹等在主城牆嚴陣以待，看著敵人的先鋒軍推著百多輛撞車通過石橋，在城外佈陣，又派人在石橋兩旁的河面，各架起兩道浮橋，便知再難守得住城牆。

龍鷹先命其他人撤走，只有萬仞雨、風過庭、覓難天、皮羅閣和夜棲野留下來，留守至最後的一刻。

龍鷹打個呵欠道：「早知昨晚不到城外去胡混，希望今天還有睡覺的機會。」

皮羅閣笑道：「拆牆怎都要兩天吧！保證龍兄可睡足二十四個時辰。」

覓難天道：「宗密智絕不肯這麼便宜我們，會一邊拆牆一邊攻擊，由這刻開始，敵人的攻勢不會歇下來，直至攻入王堡。」

萬仞雨冷哼道：「先攻上第二層再說吧！」

皮羅閣道：「單靠雲梯，絕攻不上第二層臺地。」

覓難天歎道：「不是我長他人志氣，敵人中有深諳攻城之術的高手在主持，我們千萬不可低估敵人。」

龍鷹倏地色變，呻吟道：「覓兄說得好，對方早猜到我們會鑿毀斜道，故有備而來，看！」

眾人依他指示看去，敵人正推著百多輛以黑布蓋著的怪東西，緩緩而來。

風過庭倒抽一口涼氣道：「我的娘！是投石機。」

在這一刻，他們曉得再守不住第二層臺地，光是這批投石機，即足可摧毀臺緣的擋箭牆，他們若死守第二層，勢必傷亡慘重。

龍鷹道：「我們先回去，再想辦法。」

第七章　人造陀螺

龍鷹、萬仞雨、風過庭、覓難天和夜棲野背靠第二層臺地邊緣的護牆坐著，看著漫空飛來的巨石，在頭頂上呼嘯而過，砸毀一座又一座的房舍，投石機的聲音，宛如催命的符咒。

他們亦非對敵人全無威脅，每當跳起來還擊，總有敵人飲恨於他們箭下，令敵人尚未敢用雲梯攀臺來攻。不過僅憑投石機發射的石彈，已足可摧毀第二層臺地的一切。護牆已坍塌大半，捱不了多久。

萬仞雨嚷道：「他們在趕建高矮不同的大木架，該是用來承托新的斜道，如讓他們搭起新的斜道，將投石機推上來，第二層現在的情況，將是第三層未來的寫照，如此一層層攻上來，最後王堡亦將陷於同一命運。」

夜棲野痛苦的道：「現在我們根本沒法阻止。」

龍鷹輕鬆的道：「山人自有妙計，諸位大哥請放心。噢！移位！」

倏地橫移十多尺，四人慌忙隨之。

「轟！」

一塊巨石重砸在他們剛才背靠處，巨石反彈往後，掉回底層臺地，擊中處泥石飛濺，現出個缺口。

覓難天叫道：「你著人執拾石塊有何作用？我們並沒有投石機。」

龍鷹道：「投石機有很多種，我們的叫『人肉投石器』，包保更準確更厲害，至遲明天，小弟便可向各位大哥示範其威力。哈！眞爽！」

在房舍後方，鷹族戰士正不斷揀選從天降下的石彈，選擇標準是能以一人雙臂之力，抬起石頭，放進架子裡去，再由第三層的蒙舍詔兄弟扯上去。他們目利耳靈，身手敏捷，在石彈雨裡來去自如，辛勤工作。

萬仞雨道：「還要挺多久？」

龍鷹閉上眼睛，叫道：「發箭！」

五人跳將起來，各尋目標，朝下放箭。

離第二層臺地腳千多步外，豎起一列長達三十多丈的盾牌陣，盾爲大木盾，高逾人身，盾牌陣後是五十多臺投石機，敵人不住把從城外運來的石彈，放置於發射碗上，再彈上來，射程覆蓋整個第二層臺地，疾、狠、重、勁，無堅不摧。

部分箭矢越過盾牌陣，殺傷了對方七、八人。

五人發射後縮低避在護牆後。

風過庭叫道：「我的娘！眞有效率，整道主牆差不多被拆掉了。」

萬仞雨道：「究竟再挺多久？」

龍鷹看著所餘無幾的房舍，其他均變成碎瓦殘片，遍地破碎的家具殘骸。道：「還有十八間屋。噢！剩下十七間了。」

夜棲野看著遠處撿石頭的兄弟，向他打出報告的手勢，叫道：「啓稟主帥！已拾得石頭共三百五十塊，夠用了嗎？」

龍鷹莞爾道：「啓稟主帥？哈！說得眞有趣。著他們先上去。」

夜棲野忙發出撤走的命令，眾戰士如獲皇恩大赦，紛紛攀繩返第三層去。沒有了房舍的掩護，拾石頭愈來愈危險。

「啪喇！」

覓難天笑道：「又一臺投石機報銷了。」

龍鷹用手肘輕撞身旁的風過庭一下，低聲道：「年分該說對了，至於月、日、時，我有個想法。」

風過庭忘掉越頭而過、似永不休止的石彈，大喜道：「連這你也有辦法嗎？」

龍鷹道：「眉月極可能是首位能掌控投胎自主權的通靈美女，既答應過你期諸來世，當不會爲難你，而唯一方法，就是她出生的月、日、時，與她離去的月、日、時完全相同，她的庭哥兒才有線索。噢！我的娘！扯呼！」

五人朝前奔去，四、五顆巨石同時命中他們躲避處，整堵牆崩塌下來。

第二層臺地再沒有完整的房舍，五人失去了避難之所，撲到盡處，攀繩往上一層臺地去。

入黑後，內外城牆再不復存。底層處燈火通明，敵方的工事兵正趕建登上第二層的斜道，砰砰嘭嘭的，擾人清夢至極。

第二層已被夷爲平地，因位於燈火的映照之外，靜如鬼域。

皮羅閣依龍鷹吩咐，著手下以粗索把石頭逐一勒緊，完成後派人輪番監視下方的動靜，便用膳休息，等待明天的來臨。

龍鷹三人和皮羅閣、覓難天、夜棲野到四女香居外的臺緣吃晚膳，既可俯瞰整個底層的情況，又可順道商量明天的戰略大計。

只要看到龍鷹大吃大喝的模樣，眾人便知他智珠在握，不由放鬆下來。

皮羅閣道：「是否以投擲的方法對付敵人？」

龍鷹道：「你玩過陀螺嗎？」

皮羅閣茫然搖頭。

龍鷹道：「我少時甚麼玩意都試過，這是一人獨處悶極無聊的好處。哈！只要兩手抓住繩索，轉動身體，石頭會逐漸隨你旋轉，到達適當的角度，鬆手放出石頭，石頭會變成石彈，比投石機發出的石頭更狂猛疾勁。」

萬仞雨道：「但一個石彈，殺不了多少人。」

龍鷹道：「要殺人，用箭便可以，我們要摧毀的是對方的投石機，當對方蠢得在第二層臺地列成投石機陣，石頭則陸續送上來之時，我們可來個比賽，看誰能砸毀最多的投石機。哈！投石機來得愈多，我們就砸得愈多。我們的戰爭目標，是要把敵人逐下第二層。」

覓難天道：「好計！聽得我手都癢起來。」

龍鷹向皮羅閣問道：「早前我們在下層出生入死時，公主有來觀看嗎？」

皮羅閣道：「她一直躲在王堡裡。不過在敵人發動投石機前，曾找過我說話。」

五人大感興趣，洗耳恭聆。

皮羅閣笑道：「近這幾天，她和你們說的話，比從前她和我這兄長說過的加起來還要多。這算哪門子的道理？」

龍鷹乘機問道：「你說過她該是十八、十九歲的年紀。究竟是十八還是十九呢？」

皮羅閣道：「因著本族的禁忌，這本來是不該談論的事，你們對舍妹的關注，亦令我大惑不解，但卻感覺到三位的善意，而只是我不明白吧！今早舍妹來告訴我，你們或許是天下間可以有辦法令宗密智形神俱滅的人，更會追隨你們，直至宗密智授首。嘿！岔得遠了，我其實並不清楚舍妹的年紀，在我滿十八歲前，我一直不曉得有這個妹子的存在，她那時已是上任大鬼主的唯一傳人，故很少見到她，只知王父對她極為寵縱，言聽計從，我也非常疼愛她。她雖然怪異，但亦很可愛。對嗎？」

萬仞雨道：「非常對！你總該見過她的真面目，像是十八、十九歲嗎？」

皮羅閣歎道：「我如你們般，從未見過她的真面目。說出來，自己亦感古怪。」

覓難天道：「她有甚麼怪異的行徑呢？」

皮羅閣道：「月靈的鬼主名號，是她自己改的，她說過自己是月的幽靈，而每逢滿月之夜，她會赤腳在草原自歌自舞，我曾見過兩次，她的歌舞真的很好看。」

龍鷹道：「她是大鬼主，擁有自主權，不容他人干涉，為何初見你時，王子卻像奉命出來尋她回去的樣子呢？」

皮羅閣道：「皆因此爲她首次離開本族的土地，我怕她有失，忍不住追來尋她。最古怪的是她似是不住留下線索，使我們能直追至風城來。我慶幸能在這裡遇上各位，並共守空城，現在我對宗密智，已一無所懼。」

萬仞雨道：「月靈公主還有其他較特別又或難解的話嗎？」

皮羅閣苦笑道：「你這句話問得眞好，她指你們會千方百計的向我打聽有關她的事。哈！」

三人大感尷尬，一時乏言以對。

覓難天同情他們的道：「這句話，王子理該不說出來。」

皮羅閣道：「古怪處正在這裡，舍妹著我千萬不要怪責你們，愛說甚麼便說甚麼，因爲她正和庭哥兒在玩一個非常刺激有趣的遊戲，而這遊戲最後的結果，大有可能是消滅宗密智的關鍵。我肯將心中所知盡告三位，是希望曉得這是個怎麼樣的遊戲。」

三人聽得面面相覷，想不到月靈有這個看法。

擬想她赤足在嫩綠的草原，唱誦著彷彿是充滿玄機的歌曲，在月夜裡婆娑起舞，她再古怪的言詞，亦有著合理的基礎。

一直無從插話的夜棲野道：「大鬼主的職責，是與神靈溝通，怎來閒情玩遊戲？遊戲又怎會和殺宗密智有關係？」

覓難天道：「我不敢說這是個遊戲，就是公主向庭哥兒開出她願委身下嫁的條件，而這些條件是沒可能達到的。」

皮羅閣大訝望向風過庭，道：「竟有此事？」

風過庭苦笑道：「刺激有趣？於我來說，她等若一口拒絕了我。」

夜棲野雙目射出古怪的神色，望著風過庭，欲言又止。

風過庭道：「野兄弟想說甚麼呢？」

夜棲野道：「月靈公主和丹冉大鬼主，是否有神秘的連繫？」

三人精神大振。

萬仞雨問道：「野兄弟何出此言？」

夜棲野現出回憶的神情，徐徐道：「當年丹冉大鬼主離世後，天尚未亮，我族的巫長命我隨行到洱西平原去，其時我仍未知爲的是甚麼事，直至抵達丹冉大鬼主的法帳，始知丹冉大鬼主已於前夜過世。當時只有白族的族長和幾個長老在場。丹冉大鬼主的死狀似大有深意，一手按胸，另一手探指南方，神態安詳自然。我的印象很深刻，到今天仍記得很清楚。」

龍鷹大喜道：「還記得是何月何日嗎？」

夜棲野道：「我們並不像你們漢人般，以曆法紀年、紀月、紀日，純以星辰的位置和月亮的圓缺來分辨日子。只記得當我到達大鬼主的法帳時，是滿月後的第一天。」

皮羅閣道：「南方指的可以是蒙巂詔，又或我們蒙舍詔。夜棲兄就憑此斷定丹冉大鬼主和月靈有連繫嗎？」

夜棲野道：「我不知道，可是當第一眼看到月靈公主，我的腦海裡不受控制浮現丹冉大鬼主探指南方的情景，現在又見庭哥兒要娶月靈公主爲妻，月靈公主又愛在滿月下赤足自歌自舞，忍不住有此一問。」

皮羅閣一震道：「難怪你們這麼在意月靈的年歲，有這麼一個可能嗎？」

此時皮羅閣的一個手下匆匆趕來，道：「山芒回來了！」

山芒正是皮羅閣派往見澤剛的手下，能言善辯，最適合負起兩國交往的重任。

皮羅閣忘掉月靈，大喜道：「立即著他來見。」

天尚未亮，整齊劃一的步操聲，驚破了山城的沉寂。眾人從被窩不情願的鑽出來，擁到第三層臺緣的護牆，也是守城軍最後一道防線，在牆頭往下俯視。

大批盾牌手，從個許時辰前完工的木構斜道登上下層臺地。他們持的是特製的大木盾，要兩人方拿得起一個，下設尖木，可深插土內，大幅加強高逾人身木盾的抵受力。敵盾手在鼓聲中直抵下層中間位置。

離後方臺緣和前方第三層的臺腳各一千二百步，遠在一般箭手射程之外，打橫排開，盾豎身前，下插地內，形成一面長達數十丈的盾牆。

接著大批刀箭手擁上來，奔到盾牆後方，半跪地上，怕的當然是從龍鷹摺疊弓射出來的箭。

只要盾陣推前千步，便可向上發箭，充滿威懾的力量。

龍鷹笑道：「這盾陣有啥用？好像不知我們有居高臨下的優勢。」

萬仞雨道：「他們怎知我們有人肉投石器？只是怕我們趁他們陣腳未穩，突然施襲。」

覓難天擔心道：「石頭這麼重，最怕旋動幾周後，石沒給擲出去，人卻給投了下去，那就不是人肉投石器，而是人肉彈了。」

他的話惹得龍鷹和周圍人放聲大笑。

風過庭開懷道：「幸好有護牆，再差勁也不該掉往下層去。」

萬仞雨道：「信任我們的鷹哥兒吧！他最本事的正是古靈精怪的事，看他如何操作，可掌握竅門。」

隆隆聲響，投石機魚貫從斜道登場，分左右而去，排列在離臺緣十步許處，如將操作投石機的敵人活動的空間計算在內，這已是離上層最遠的位置，近二千五百步遠。

龍鷹雙目放光，嚷道：「我的娘！竟肯這麼便宜我們。」

夜棲野道：「你有把握將投石機撞得掉往下面去嗎？」

龍鷹道：「只要能命中投石機的主軸，投石機又下設四輪，包保直退往臺緣外，跌個他奶奶的粉身碎骨。記著！我們只要多捱十天，澤剛的援兵便來到。哈！接著的幾天可安寢無憂哩！」

萬仞雨叫道：「共四十九臺投石機，開始運石頭上來，龍師父，該是你老人家示範給小徒們看的時候哩！」

眾人全立在龍鷹後方，看他拏著粗索的一端，神氣的扯扯石頭，試試石頭的重量。

龍鷹笑道：「公主來了嗎？」

月靈出現後方，眾人紛紛讓開，方便她直抵前排，自然而然便立在風過庭旁。

萬仞雨喝道：「不要分神！」

龍鷹笑道：「萬爺知其一不知其二，分神正是小弟的看家本領。看我的！」

倏地轉動。

受索子牽引和龍鷹的帶動，大石離地旋轉，龍鷹忽然加速，石子飛快繞其身而轉，且逐漸上移，人和石變成個活的大陀螺，到移往頭頂之上，龍鷹吐氣揚聲，索石脫手而去，越過石牆。

眾人緊張得心兒差點從口中跳出來，爭先恐後擁往石牆，往下瞧去。

盾牌陣處的敵人，爲投石機作準備工夫的工事兵，全舉頭上望，看著如流星般劃空而來的巨石，一時間完全不明白眼之所見爲何物。

「轟！」

疾如流星的大石，重重命中斜道右面投石機的主承軸，主軸立時化爲木碎，大石餘勢未止，硬砸在投石臂碗處，帶得整輛投石機往後倒退，接連撞倒七、八個工事兵，投石機、人和石頭，同一命運的墜臺而去，消失在視線外，接著是下層傳來重物墜地，投石機粉身碎骨的聲音和人的慘叫聲。也不知是否有人剛巧路過，禍從天降，被砸個正著。

守城的一方爆起瘋了般的狂叫大喊，情緒和士氣都攀上頂點。

第八章　絕毒火炮

龍鷹給敲門聲驚醒過來，腰痠背痛，但比之睡落床時的幾近虛脫，已大見改善。丁娜來到床邊坐下，上半身伏在他身上，柔聲道：「要不要人家脫光衣服到被子內陪你？」

龍鷹是真真正正的大吃一驚，求饒道：「你當我是用鐵鑄出來的嗎？現在是甚麼時候？」

丁娜媚笑道：「只是嚇唬你吧！看我們憑個人之力毀掉近半投石機的大英雄，原來也有可令你害怕的事。現在是晚膳時間，風爺和野爺在外面邊吃邊等你。我們四姊妹今晚定要伺候你，不准推搪。」

龍鷹坐將起來，笑道：「飛來豔福，我會害怕嗎？何況你們四姊妹如此動人。萬爺呢？」

丁娜道：「他仍在睡覺。想喚醒他都不成，他把門上閂哩！」

龍鷹啞然笑道：「真是個守身如玉的小子，幸好不是人人像他，否則你們怎辦好？」

摟著她坐起來。

丁娜伺候他穿衣著靴，殷勤周到，且挨挨碰碰，極盡挑逗的能事。

龍鷹忍不住摟著她痛吻一番，這才到外面去。出乎意料之外，萬仞雨和覓難天都起來了，正和風過庭、夜棲野一起進食。

覓難天見他來到，笑道：「今早眞是精采絕倫，一招人肉投石器，將整個形勢扭轉過來，現在輪到敵人頭痛，除雲梯攀攻一法外，還可以耍甚麼花樣。」

龍鷹坐下道：「勝敗確是一線之隔，記得公主說過嗎？宗密智會不惜一切，不擇手段的毀掉我們。我們在龜茲和突騎施兩國交界處，吃過一場慘痛的敗仗，當時我們仍以爲一切盡在掌握裡。有點像現在的情況。」

四人現出怵然之色。

萬仞雨道：「你想到甚麼？」

龍鷹沉吟道：「或許我是過慮，但我們現在並非全無破綻，破綻就在從後山腳石灘登上第三層臺地的秘徑，宗密智是不可能不知道的，因爲洪水氾濫那一晚，我們並沒有循原路回來，而是繞了個大彎。所以只要宗密智使鬼卒扮成來援的白族人，便可直攻上來，殺我們一個措手不及。」

夜棲野道：「王子早有見及此，故此在半山處加上木欄關口，居高臨下緊扼捷徑的咽喉，派人日夜輪番把守，叫不出口令者，格殺勿論。」

龍鷹道：「來的是宗密智本人又如何？險崖峭壁亦攔他不住，又可趁我們忙於應付敵人大舉攀攻時才來，那時誰有閒暇去理會捷徑的情況？」

萬仞雨道：「這確是我們的破綻弱點，現在我們能戰者只在八十人間，應付下層來的攻擊已力有不逮。假如敵人連續三天三夜的不住向我們展開強攻，那時只要宗密智一個人殺上來，已足可令我們全軍覆沒。」

覓難天頭痛的道：「問題在我們雖明知有這個可能性，偏毫無應付的辦法。」

風過庭道：「我們怎都要守穩第三層，直到援兵抵達。否則這一仗，我們便輸了。」輪的結果，大家清楚明白，就是沒人可活著離開。

龍鷹笑道：「窮則變，變則通。」指著天上飛翔的神鷹道：「我們有最佳的探子，只要能分出力足可應付宗密智的人手，便可縫補這個破綻。」

風過庭道：「死守而不出擊，是下下之策，如任由敵人日攻夜打，早晚會崩潰。」

龍鷹點頭道：「對！公子說得比我更有見地。」

覓難天斷然道：「事不宜遲，我們須在敵人重整陣腳，發動新一輪攻擊前，殺對方一個措手不及。」

萬仞雨道：「突襲有突襲的目標，我們的目標是甚麼？」

風過庭淡淡道：「今次輪到我們晝夜不息的攻擊敵人，最終目標，是重奪石橋的控制權，即使辦不到，至少可拖延十多天的時間，怎都好過在這裡等死。如被逼退守王堡，援兵來了也不起作用。」

龍鷹同意道：「公子之言有理，我們第一步先燒掉對方的臨時斜道，又燒掉對方所有木材，來個大搗亂。」

萬仞雨道：「你不曉得我們餘下的火油，只夠點著幾盞燈嗎？」

龍鷹怪笑道：「善忘的是你老哥才對。記得我們可連續發射六支大鐵箭的弩弓機嗎？那才眞是無堅不摧，足可破去整個攻來的部隊。」

覓難天道：「這與燒敵人的木構斜道有何關係？」

龍鷹道：「小弟最大的本領，正是偷雞摸狗之道。敵人總有個儲存火油的地方，首先不會離城太遠，其次，絕不會在營地中間處，以免一旦起火，波及整個營地。如此儲藏火油的地方，已是呼之欲出。」

夜棲野道：「可是我們現在被敵人重重圍困，如何去放火燒營？」

風過庭笑道：「我曾和鷹爺合作過一次，是在神都內進行，比起來，敵營算哪門子的一回事？」

萬仞雨點頭道：「我們三個留守這裡。現在好該喚王子來商量大計，今晚將會舉行南詔有史以來最大規模的野火會。」

飛天神遁電掣射去，抓實九丈外的一塊巨岩。龍鷹轉頭向身後風過庭笑道：「公子請。」

風過庭朝前掠去，足尖連點蹬直的遁絲，倏忽間越過了百丈深淵，抵達對崖一塊巨岩上，蹲伏下來，再往他打出安全的手勢。龍鷹平飛過去，落到他身旁。

兩人均改爲蒙巂詔戰士的裝束打扮，魚目混珠，好方便行事。山風呼呼下，兩人衣袂拂揚。

兩人位處山城東南方險崖峭壁的邊緣地帶，敵方十多個設在丘陵高處的營地，橫陳前方，燈火昏暗。營地與營地間只有疏落的交通往來，但山城由石橋至底層的區域，卻是燈火通明，照亮了半邊天。

龍鷹仰望星空，雲多星稀，見不到月亮，欣然道：「今晚最適合幹偷雞摸狗的勾當。」

風過庭道：「看！」

龍鷹依他指示看去，原俘虜營的位置，已重建木柵和箭樓，眾營裡以此營燈火最光猛，還傳來人聲和各類響音。

風過庭道：「換湯不換藥，此營仍是敵人的主要作坊，肯定正趕製另一批投石機，又或撞車、雲梯。」

龍鷹道：「也該是儲藏火油的地方，我們偷他娘的十多罈，四處殺人放火。」

風過庭搖頭道：「營地間相隔太遠了，只要我們射出火箭，被敵人發現位置，未及燒另一處敵營，便會給敵方的高手截著，說不定宗密智還會親領鬼卒來伺候，那時襲營變逃生，可不是好玩的。」

龍鷹大訝道：「公子今天所思所慮，處處見神來之筆，令小弟甘拜下風。」

風過庭道：「不是我比你行，而是我比你用心。現在已可肯定月靈是眉月，只她自己不知道，所以與宗密智的惡鬥，更是不容有失。幹不掉宗密智，一切休提。」

龍鷹吁出一口氣道：「對！絕不可有一著錯失，因爲將是全軍盡墨。辛辛苦苦建立的一點優勢和喘息的空間，勢將盡付東流。我們先去起出敵營外密林裡的弩箭機，然後藉河水運至石橋底下，藏好後，再到作坊去撿便宜。」

風過庭道：「總共是六大箱重貨，你有把握瞞過敵人耳目嗎？」

龍鷹俯察形勢，道：「若這是戰爭開始時的幾天，肯定瞞不過，但只要想想我們今天逼敵退返底層後，睡個昏天昏地的情況，可從而推想敵人絕好不了我們多少。從前線撤回來的敵人，正倒頭大睡，出來站崗放哨者，則全在打瞌睡。哈！」

風過庭道：「眞誇大！不入虎穴，焉得虎子？來吧！」縱身下躍，落往下方十多丈處一株盤根老樹的橫杈處。

箱子本身的情況，解決了避敵耳目的問題。他們將六個至少重達五、六百斤的箱子，以索子一個繫著一個，甫放進河水裡，已直沉進河底去，幸好大江聯的工匠爲了防潮，箱子接縫處均塗上能防水的樹脂，河水一點也滲不進去，加點牽扯之力，箱子便因內藏足量的空氣，在水內成半浮半沉之態，所以大部分時間兩人須在河床逆水硬扯而行，到水面換氣是最危險的時候，在這種情況下，龍鷹的靈覺發揮最大的作用，避過了敵方的崗哨和幾起巡兵。

抵達石橋下時，兩人筋疲力盡，索性任由六個大箱留在河底，他們則藏身河灘的草叢裡，調息運氣，恢復元氣。

石橋和浮橋有敵兵把守兩端，還不時有騾車和騎兵經過，不知爲何，與敵人如此接近，反感安全。

龍鷹忽然湊到風過庭耳旁，傳音道：「宗密智來了！」

風過庭忙淨心內守，收斂一切能惹起厲害如宗密智般高手警覺的生命訊息。

兩個人的足音在石橋上響起，停在石橋中間處。

兩人心忖宗密智眞識相，忙豎起耳朵收聽。

宗密智的聲音道：「很奇怪！今晚守城軍安靜得異乎尋常，似在等待某一時刻的來臨，耐人尋味。」

在暗黑裡，兩人暗吃一驚，宗密智確有非凡的感應，如果不是受到眉月以生命施出的厲害咒誓，約束了他附體的邪靈，眞不知會厲害至何等程度。

另一個聲音冷然道：「我亦在奇怪鬼尊怎會容許他們有安靜的機會，至少該給他們來一、兩次的突襲，以使他們疲於奔命，瓦解他們的對抗之心。」

龍鷹和風過庭大感詫異，聽此人說話的語調和態度，不但非是宗密智的手下，本身亦該屬一方霸主的身分。

宗密智歎了一口氣，從容道：「大論你有所不知，此是非不欲也，是不能也。我軍從來戰無不勝，而每戰必勢如破竹。可是今次碰上龍、萬、風三子，先有洱西平原之敗，再被其劫奪大批優良利器，到今天將他們困在此處，仍在他們的反撲下接連受挫。對我來說，能遇上對手，是平生快事；但對我的兵將，卻是打擊沉重，士氣低落，還出現了個別士兵畏戰開溜的情況。所以若非能得到一定的成果，宜靜不宜動。」

龍鷹和風過庭終於曉得與宗密智對話者，是從高原逃下來的欽沒晨日，難怪有與宗密智平起平坐的資格。同時大爲驚懍。在此刻之前，宗密智在他們心中的形像，充滿荒誕邪惡的色彩，即使沒眞的發瘋，也是個在正常和不正常間掙扎的狂人，視人命如草芥，爲所欲爲，以滿足他事實上永遠沒法滿足的欲望和野心，是個向邪惡出賣了自己的人。豈知現在耳聽到的他，不但深明人情世故，且思慮周詳，既不貶低對手，更明白自己的情況，且有容人之量，而此正爲霸主的條件。只可惜他如龍鷹的其他大敵般，沒法掌握龍鷹究竟是甚麼東西，致棋差一著。

欽沒道：「原來鬼尊竟有如此苦衷，不過龍鷹此子，確不能小覷，竟能以如此手段，破去張魯精心設計的彈石器。幸好我們尚餘兩臺投石機，只要張魯今夜能趕製出毒煙炮，向守城軍擲出二十至三十枚，對方定無倖免，即使強如龍鷹，也肯定功力大幅被削弱，只餘任我們宰割的命運。」

龍鷹和風過庭在暗黑裡你眼望我眼，均知對方想的是甚麼東西。張魯確是名不虛傳，攻城之法層出不窮。

宗密智道：「毒煙炮的製作眞不容易，自於此立營後，張魯便開始研製，到今晚才有點眉目。」

欽沒道：「最困難的是南詔沒有火藥，所以必須找尋有爆炸威力的代替品，幸而在毒藥方面，有鬼尊親自調配能見血封喉的鬼夜哭，再配合三十多種不同藥料，注以猛火油，只要在發射前以燒紅的烙錐將毒煙炮錐透發火，投到敵人處時著地立即冒出毒煙，隨風擴散，保證一下子可收拾敵人。」

宗密智欣然道：「如明天確一如所料般攻陷風城，張魯應記首功，本尊當然不會薄待大論，如何管治好雲南，建立強大的帝國，需仰仗大論呵！」

欽沒奸笑兩聲，道：「龍鷹此子，詭計多端，善於利用形勢，怕就怕他見勢不妙，從城後山路溜走，不知鬼尊對此可有辦法？」

宗密智笑道：「對此我早有預防，大論可以放心。不如我們回山上去，好好休息，明天由張魯先生親自領軍攻城，我則負責截殺任何想從秘徑逃走的可憐蟲。」

欽沒道：「攻陷風城後，我想親到滇池一趟，找爨斑說話，以解開我們和他們間的誤會，因爲異日攻打漢人的姚州都督府，他們在各方面的支持，仍是不可缺少的。」

宗密智道：「大論想得周到，事不宜遲，大論何不立即動身？我會派人領路，黑夜和白天並沒有分別。」

最後幾句時，聲音由近而遠，顯示兩人逐漸遠去。

兩人聽得一額冷汗，想不到對方竟有此厲害手段，若今晚不是因要到敵後進行顛覆破壞的活動，知悉此事，即使讓他們摸進製作毒火炮的作坊去，也要白白錯過。作坊所在的木寨，是能容納過萬俘虜的大寨，沒有目的地進去盲闖亂撞，最後頂多只能偷幾罈火油。

風過庭吁出一口氣道：「南詔的大鬼主，全是山草藥的高手，看眉月便清楚，竟可以調配出如『夢鄉』般的毒藥，宗密智在這方面的能耐，該不在眉月之下。」

龍鷹微笑道：「你想到甚麼呢？」

風過庭雙目閃閃生輝，道：「我想的該和你想的是同一件事。只要我們能偷得毒火炮，再循原路偷返山城，重奪石橋關隘，再非是一個夢想。」

龍鷹欣然道：「這叫英雄所見略同。宗密智在後山必然做下手腳，令他可與鬼卒迅速到達登山秘徑，就像我們剛才利用飛天神遁，攀山越嶺的潛出來。」

風過庭道：「此事可擺到一旁暫不理會，還是偷東西要緊。你的直覺真的靈驗如神，說是偷雞摸狗，便眞的是偷雞摸狗。」

龍鷹道：「來吧！由小弟領路。」

兩人重又投進河水去，直到避開敵人的監視，方登上陸岸，往大木寨潛去。

第九章　瞞天過海

龍鷹低呼道：「我的娘！毒火炮肯定是在此寨內趕工製造。」

他們伏在一堆亂石後，瞧著燈火通明的木寨東大門入口，左右各有一座箭樓，由二十多個門衛把守。沿木寨每隔二十丈便築起一座箭樓，從他們的角度看過去，可見到的箭樓有三十多座，巍然聳立，氣勢宏偉如木構的城池。木寨周遭半里的樹木全被砍伐一空，光禿禿的，無遮無掩，即使憑他們的本領，亦沒可能接近而不被察覺。

寨內傳來人聲和各類聲響，顯示這個龐大的施工場地內，不同的攻城器械，正夜以繼日地趕工製造，以準備明天的攻城之戰，如果風城仍可被稱爲一座城池的話。

一條臨時開闢出來的兵馬道，從風城的方向蜿蜒而來，長達里許，接通石橋和木寨的東大門，只中間的一截，尚有稀疏的林木。

風過庭道：「如果能放火燒掉這座木寨，等若拔掉猛虎口裡的牙。」

龍鷹苦笑道：「只要射出一支火箭，大批敵人會如狼似虎的從寨內蜂擁出來，尋我們兩兄弟的晦氣。唉！他奶奶的，我們不但沒箭，更沒有火箭，難道撲到寨牆邊，用火摺子打火燒寨嗎？最糟糕的是火摺子也濕透了。」

車輪聲響。

兩人看得倒抽涼氣。

兩輛高達十丈、像兩座箭樓般的車，在隆隆聲中各被十多人前拉後推的，從寨門移出，進入兵馬道。

車分五層，下裝八輪，每層有梯子可以上下。車頂有天橋，車下有撞木，外面用生牛皮覆蓋。只要將此車移至風城第二層臺地，靠貼第三層，可利用天橋衝往第三層來個埋身血戰。

龍鷹頭皮發麻的道：「如不殺張魯，就算捱過毒火炮，終有一天會給他弄垮。」

風過庭道：「我們捱得過毒火炮嗎？」

龍鷹苦笑道：「大部分人捱不住，我們又不能捨他們而逃走，所以如不能破去毒火炮，只好漏夜開溜，但我們亦輸掉這場仗，同時將整個洱海區賠進去。」

風過庭道：「我們是絕不可以退縮的。」又頭痛的道：「這座木寨大如城池，可以想像其中分隔爲大大小小的各式作坊，任我們去找，沒有個把時辰，休想可搜遍全寨，但那亦等若掉進鱷魚潭，不被惡鱷發現美食已送到口邊，是沒可能的事。」

看著兩座樓車緩緩經過，兩人除眼睜睜的瞧著，再無別法。

一隊手持火把的騎兵，從風城的方向馳來，遇上送攻城樓車的工事兵，隔遠嚷道：「風城風雨！」

工事兵的兵頭應道：「洱海平安！」

雙方又做出應對的手號，被兩人看在眼裡。

騎兵隊一行三十多人，與送樓車到前線去的工事兵擦身而過，轉往南面的營地去。

風過庭湊近龍鷹道：「要不要賭他娘的一賭？」

龍鷹深吸一口氣道：「敵人今夜是不容有失，所以巡兵明知送樓車的人沒有問題，仍以軍號和手號去確認對方身分。想進入寨門，盤查將更嚴格，問幾句話我們便給拆穿。何況無端端鑽出兩個面生的人，不惹懷疑才怪。至於模仿他們的口音，小弟大概可以辦得到。」

風過庭道：「如果想不到法子，可回到石橋下呆等，那是往風城必經之路，當敵人載毒火炮的騾車過石橋時，來個奇兵突襲，只要讓毒火炮掉進水裡，便大功告成，然後藉河水脫身。」

龍鷹道：「你現在說的，是沒有辦法裡的辦法，幸好當你提及騾車兩字時，兩輛騾車正從風城駛過來，可見你的乖眉月，仍在保佑你。庭哥兒來吧！」

龍鷹和風過庭大模大樣立在疏林區那截兵馬道的中段處，喊口令截停騾車，龍鷹喝道：「報上身分，到哪裡去，所為何事？」又咳聲歎氣道：「頭子因看不清楚這截路段，派了我們兩個來吹風。」

風過庭心中佩服，龍鷹只聽過宗密智的一番話，竟能將與白族語在口音、聲調有異的敵語模仿得維肖維妙，又順口解釋為何兩人會在這裡站崗的原因，釋去對方疑慮。由對方的口中套出來，自是比嚴刑逼供好上千百倍。

駕騾車者果然不虞有詐，先舉起左手，打出手號，應道：「騾馬二隊三十七號巴勒，奉陸司柏兵專之令，到西大寨取刀傷藥和白棉布。」

兩人暗抹一把冷汗，想不到報上名字外，還有隊名和編號，比大周軍還嚴謹，這些東西如果全出自張魯的腦袋，不殺他休想可安寢。

風過庭知機的向後一輛騾車的御者喝道：「你呢！」

御者還以為他們是盡責，報上編號名字。下一剎那已被兩人同時發動，弄昏過去，拖到遠處，換上他們的帽子和羊皮袍後，將兵刃密藏衣內，坐上騾車，朝西大寨駛去。

隔遠已被把門和箭樓上的敵兵目光灼灼的打量，兩人被瞪得很不舒服，隱覺出了岔子，但又想不到問題出在何處。

離寨門二十多步外，對方已喊口令。龍鷹忙打手號，並以口令回應，在把門的兵頭指示下，在寨門外勒騾停車。

兵頭問道：「你們剛才因何停在林路內？」

龍鷹心叫厲害，此時的敵人，將警覺性提高至極限，不放過任何異樣情況，原因當然是於他們來說，戰爭臨於決勝負一刻，不容有失。忙陪笑道：「下屬騾馬二隊三十七號巴勒，剛才是下車小解。嘿！」

風過庭亦報上編號和名字。

有人向兵頭遞來一冊東西，兵頭再打量龍鷹幾眼，低頭翻看冊子，核對兩人的身分，然後合上冊子，交回手下。道：「今次要運甚麼東西？」

此時只要龍鷹照報是要取刀傷藥和棉布，可立即過關入營，可是看眼前的陣勢，必有人在旁監視，不容他們胡闖亂撞，那實在和現在立即動手沒太大分別。龍鷹把心一橫，道：「我們是奉兵專陸司柏之命，到來運載毒火炮。」

果然兵頭和守門的三十多個衛士，全露出警覺的神色。兵頭雙目精芒閃閃，顯示出不俗的內功，喝道：「胡言亂語，事關重大，怎會派你們駕兩輛空車來取東西？」

眾兵的手全按到兵器處，情勢一觸即發。

龍鷹硬著頭皮道：「軍爺明察，正因騾車緩慢，故著我們先來此等候，隨後會有大批人馬到，並沿途設崗放哨。」

後面的風過庭心忖龍鷹的猜測雖不中亦不遠，護送任何東西，從一點到某一點去，派人在高處放哨監視遠近，實屬基本的手段。

箭樓上的守衛喝下來道：「他說得對！一個五百人的騎隊，正朝我們馳來。」

龍鷹和風過庭又喜又驚。喜的是可立即證明他們沒有說謊，驚的是若兩騎中亦有兩輛眞命天子的騾車，他們會立即被揭破。

兵頭先向兩名手下道：「你們領他們到禁區去。」

再向兩人道：「可以起行了。」

兩騎在前方領路，途經大小工地，最後抵達築於大木寨中央處的一個小木寨，此寨裡之寨周圍全是高起的箭樓，防守之森嚴達至潑水不入的程度。入口處警衛重重，人人如臨大敵，還有人過來檢查騾車，幸好沒有搜身，否則搜出烏刀和彩虹，以龍鷹的機變百出，亦要啞口無言。

再一次核對身分後，兩人駕騾車進入寨中之寨，領路的騎兵掉頭回去。

寨內空間廣闊，四角處各有一座木構平房，圍著位於正中三丈見方的大木房，此時所有房子都是門窗緊閉，沒有傳出聲息，顯然毒火炮已成功炮製出來，在這裡幹活者早奉命離開。

中央主房設於一座高臺上，當是防範水災之禍。門階前是廣闊的空地，站著高高矮矮的十多人。

負責入口防衛的兵頭先一步走至那群人前，報上有關這兩輛騾車的來龍去脈，一絲不苟。

龍鷹和風過庭依指示把兩輛騾車，於入門後轉右停下。

聽兵頭報告的人中，其中一個矮胖子和伴在左右的兩個彪形大漢，穿的是吐蕃人的裝束。不用猜估，矮胖子該是吐蕃有名的攻城專家張魯，兩漢則是保護他的吐蕃高手。如此看來，欽沒晨日是死而不僵的百足之蟲，雖流落異地，仍有一定的實力和財力，否則怎仍有這麼多人追隨他？

在張魯旁的蒙巂詔軍官不悅道：「說好是由我們送過去的，為何忽然又派人來取貨，陸司柏是怎麼弄的？」

張魯向身旁吐蕃高手使個眼色，其中一人朝他們走過來。

兩人心叫不妙，卻毫無辦法。而不論結果如何，張魯肯定活不過明天，因他們不幹掉他，是絕不會離開的。

五座房子，任何一座都可以是儲存毒火炮的地方，由於門窗緊閉，以龍鷹的靈銳，亦嗅不出線索來。

龍鷹學來俊臣般臨急抱佛腳，在心中求神拜佛時，吐蕃高手來到他旁，忽然探手抓著他臂膀，龍鷹反心中大定，裝出驚駭的神態，斂去眼神，不解的往對方望過去。

吐蕃高手現出失望之色，向他微笑道：「只是例行公事。」放開手，回去向張魯保證他不懂武功，可能還加句難怪他要幹這類卑微的工作。

蹄聲自遠而近，至小木寨入門處而止，不旋踵十多騎擁著個神態軒昂的將領緩馳進來，一聲令下，紛紛下馬，神態雖倦，但眼睛無不射出興奮神色。

從前線來的領兵指揮將，與在這裡主事的將領顯是素識，低聲說了幾句後，張魯向他們招手叫道：「駛過來！」

龍鷹和風過庭心呼好險，此刻的形勢非常微妙，從前線來押運毒火炮的將領，入門後見到停著兩輛騾車，當然會認定是與張魯一方約定的運貨車輛，沒有半分懷疑。而張魯一方，見他們對騾車不以爲異，還以爲因騾車是他們的安排。正是在這誤會重重的情況下，兩人安度難關。

騾車駛至中央主房前的空地。

張魯和兩個吐蕃高手領著十多人，朝西南角的房子走去。

龍鷹和風過庭暗叫厲害，張魯此人不但精於攻城之術，且極工心計，即使是他們，也自然而然猜測最重要的東西，是藏在中央的房子裡，因其位置而生出這樣合乎情理的錯覺，豈知竟是藏於邊角位置的房子裡。

在張魯不住提醒小心下，兩個大木箱被抬出來，安放到騾車的貨斗上。

眾人紛紛上馬，包括兩個吐蕃高手。

張魯卻爬上騾車，坐到龍鷹身旁，笑道：「我患有難言之疾，騎馬會要了我的命。」

眾皆大笑，包括龍鷹和風過庭在內，但顯然是爲不同的原因發笑。

扯緊的氣氛首次放鬆下來，在前後押送下，騾車載著關係到雙方成敗的毒火炮，駛出寨中之寨，朝主寨門馳去。

沿途的警衛森嚴，教兩人暗暗驚心，又深深慶幸。

兵馬道附近高處，部署著一組組的騎兵，高舉火把，照亮遠近。整條兵馬道的交通停頓下來，只有他們的騾車隊伍，不住朝風城方向推進。

離開主寨門後，再有一批百多人的精銳騎兵加進他們的隊伍，持盾提矛的護在左右。全隊只有領前十多步的騎兵，手持火炬作引路之用。

聽吐息，知張魯不懂武功。他的兩個護駕高手在兩旁伴著騾車前進，以保護主子而言，算是非常盡責。

進入疏林區後，張魯忽然以吐蕃語問道：「大論走了嗎？」

左方的吐蕃高手答道：「早在一個時辰前起程，那時先生正忙著將毒火炮裝進箱子裡，大論派人來說，這裡全仰仗先生了，如能殺死龍鷹，我們將有捲土重來的機會。」

另一邊的吐蕃高手笑道：「回不了高原又如何？這裡美女如雲，我們這些追隨先生的，說不定活得比以前更風光。哈！」

張魯沉聲道：「你們真的看到覓難天那個龜蛋子。」說到這裡，別過頭來瞥了身旁的龍鷹一眼，見他一副聽不懂吐蕃語的模樣，不再理會他。

左邊的吐蕃高手淫笑道：「先生確是厲害，幹得那反骨賊的兩個女人叫聲震天。哈！反骨賊去赴宴，我們卻去幹他的女人，想想都開心。」

張魯和兩個吐蕃高手同時發出嘿嘿淫笑，充滿令人髮指的殘忍意味。

龍鷹心忖這叫天網恢恢，疏而不漏，這三人是惡貫滿盈，死到臨頭仍不察。

張魯道：「龍鷹爲何會蠢得到南詔來送死，還蠢得自掘墳墓，死守這樣一座空城？」

兩個手下當然沒法提供答案。

右方的手下道：「現在城破在即，全賴先生的通天手段。希望爨斑是個明白事理的人，消除大家之間的誤會。」

張魯歎道：「我卻不太樂觀，明白是龍鷹那小子弄鬼又如何？爨斑從金沙幫處收到大批上等弓矢，其中還有價值連城的弩箭機，卻沒法交出美女。你當格方倫是善男信女嗎？手下兒郎過萬，踩踩腳也可令滇池區震動，我也代他頭痛。」

又沉吟道：「弩箭機既落入龍鷹手上，爲何他卻不動用呢？」

左方的高手道：「這正是大論須親走一趟滇池的原因，爨斑不想明目張膽的強擄美女，可由我們出手去爲他們做。現在以萬計的白族人逃往滇池去，只要手腳乾淨點，包保沒人曉得，聽說白族美女紀干有傾國傾城之色，不知大論會否留下來私下享用？」

此時離開疏林區，三人再不說話。

石橋出現前方，燈光火著，關卡重重。

龍鷹很想把帽子拉低，但又怕被心智了得的張魯看破自己是心虛，暗自驚心時，隊伍登上石橋，在沒有任何盤查下，過石橋往被拆掉了內外城牆的山城繼續推進。

兩旁遍佈營帳，傳來熟睡的呼吸聲和鼾聲，如千百隻塘蛙在鳴叫。

龍鷹心忖，成功失敗還看此刻。

第十章　火炮退敵

過橋後，兩旁遍佈營帳，直抵城牆的位置，然後是兩重的拒馬陣，設過道，將離城的去路完全封鎖。

拒馬是一種木製可移動的障礙器械，實用可靠，用來阻止人馬通過，用周徑二尺的圓木為幹，在圓木上十字鑿孔，安裝長約一丈的尖木，尖鋒斜指前方，用木樁固定在地上，橫排成陣，阻截人馬通行。

龍鷹和風過庭駕著裝載毒火炮的騾車，隨隊緩緩經過道進入本是房舍如林，現在變成深約五千步，寬三千步空廣平地的底層。

朝前瞧去，最觸目的是另三重拒馬，一字排開，延往兩邊山崖盡處，成為敵軍最前線的防護，將底層劃分為前後兩個對等的部分，一組組的盾箭手，部署在拒馬陣的後方，枕戈待旦。

拒馬陣外是三條朝前斜上延伸，直至接連第二層，寬約丈半的木構斜道，連接著三重拒馬陣的出入口。若守城的一方從上攻來，可隨時以拒馬封閉出入口，再以箭矢長槍殺敵，可說是穩如鐵筒，特別是守城軍只能從第三層攀下來，沒可能攜帶破拒馬陣的器械，所以攻城的一方可說是立於不敗之地。看身旁的張魯顧盼自豪的欣賞著仿如尖木林，又似矮牆的拒馬一字長蛇陣，龍鷹知是由他想出來的玩意。

最前線除拒馬陣外，尚有打橫排開的四座箭樓，高起達三丈，大幅增強了拒馬陣的封鎖能力。

龍鷹暗呼好險。宗密智顯然將澤剛的援兵亦計算在內，故擺出如此陣勢，即使加上澤剛的兵員，仍沒可能突破封鎖，奪取石橋險關。而要在敵人虎視眈眈下燒掉三條臨時斜道，只是癡人說夢。

拒馬陣內外是完全不同的兩個世界，陣外斜道上下不見人影，第二層臺地則散佈碎石殘片，頹垣敗瓦，燒焦了的雜物和灰燼，第三層己方的勢力範圍，烏燈黑火，不聞半點聲息。但這邊的陣地，卻是被以百計火把燃亮了的天地，拒馬陣後的一邊，左右各設百餘營帳，以供前線戰士避風休息。接著是一組組排列整齊的攻城工具、二十多輛撞車、剛從西大寨送過來的兩輛樓車、兩臺剩下來的投石機，堆積如山的木材、箭矢、盾牌和各式重型攻堅利器、石彈，井然有序的分佈在陣內空廣的範圍內，不會堵塞交通。

騾馬隊經過營帳區，在前線將領引路下，往位於右前方投石機的位置馳去。拒馬陣共有三個出入口，均接連登上第二層的臨時斜道。投石機便是放置在靠東出入口旁的位置。

大群敵方兵將，正在投石機旁恭候他們的來臨，看情況，敵人將在天明前，發動策劃好以毒火炮打頭陣的全面進擊。

龍鷹感應到己方的兄弟，正從第三層臺地，密切注視這邊的動靜，忙仰起臉孔，又詐作整理帽子，收回手時先握成拳，向肯定可清楚看到他的萬仞雨做出暗示。

果然沿索而下的聲音立即從前方的暗黑裡傳來，登時吸引了這邊所有將兵的注意力。號角聲起，坐地的戰士跳將起來，列隊佈陣，氣氛登時扯緊。

呼嘯聲起，十多塊大石從第二層臺地邊緣處凌空投來，一部分落在拒馬陣外，兩塊正中拒馬陣，登時木折屑濺，只有三塊大石成功越過拒馬，落入陣內，落點處周圍的敵人爭相躲避，形成混亂。

龍鷹曉得運石需時，第一輪石攻後將無以爲繼，若給敵人封閉出入口，立告好夢成空，故成功失敗，還看此時。

先探手過去，一指戳在張魯腰間，送入魔氣，封他數處要穴，張魯立時昏了過去，靠往龍鷹。

忽然周圍的人大叫「避開」，原來一塊遲來的投石，正望他們的位置投過來，落點精確，擺明為龍鷹和風過庭製造最佳的脫身機會，龍鷹幾可肯定，出手者是萬仞雨。

馬嘶人叫，性命要緊，負責押運的騎兵隊，四散開溜。

此時不走，更待何時？

龍鷹大喝一聲，通知隨後的風過庭，改變方向，朝通往斜道，離他們不到十五丈的出入口，策騾車衝去。同時以鞭梢點在拖車的兩匹騾子的騾股處，刺痛牠們，激得牠們吃痛狂衝。

此時根本沒人有暇注意他們，還以為他們也學其他人般，只是躲避投石。

更精采的是萬仞雨、覓難天和夜棲野，領著十多個鷹族戰士，從正中的斜道殺下來，吸引了所有人的注意。

萬仞雨等首先發難，未過斜道已彎弓射箭，把守出入口的敵人紛紛被命中，左仆右跌。敵方一聲令下，千箭齊發，雨點般往萬仞雨灑去。

就在這一刻，龍鷹的騾車衝倒了守在出入口的十多個敵人，直上斜道，風過庭的騾車則緊跟其後。敵人都看呆了眼，弄不清楚發生了甚麼事。到有人清醒過來，大喝一聲「追」時，兩輛騾車已越過斜道中段，到了箭矢射程之外。

領先策騎追來的是那兩個保護張魯的吐蕃高手，此時風過庭的騾車，剛沒入斜道中段火把光照耀不到的暗黑裡，頗有兩輛車被吞噬掉的錯覺，兩人慌忙催騎而上，隨後而來的十多騎，全是押送毒火炮的騎隊成員，一來因他們馬快，更因他們最清楚騾車上裝的是何等重要、關係成敗的東西。其中兩騎高舉火把，剛照亮著騾車車斗的小半截。

倏地劍嘯寒氣撲面而來，一道白芒以驚人的高速穿越兩個吐蕃高手之間，直朝後方追騎射至，白芒再爆開成漫空光點，兩持火把者本能的揮刀劈去，尚未劈中敵人，白芒已劃破他們咽喉，速度迅快至肉眼難察。

白芒消去，來人落到斜道上，赫然是風過庭，此時兩個吐蕃高手左右跌落，從戰馬上掉下來，原來就在風過庭與他們擦身而過的一刻，已奪取兩人的命。

風過庭接著掉下來的兩支火把，往後拔身而起，凌空再來個翻騰，像表演百戲火舞的伎人，落在斜道頂上。他的火把光照亮了斜道頂的形勢，一字排開的數十守城軍，正彎弓搭箭的瞄準仍繼續追來的敵人。

眾騎大駭下，忙舉盾擋箭，勁箭如雨點般灑下來，追騎人仰馬翻，滾跌下去。

敵方的前線指揮知事態危急，如不能將兩箱毒火炮搶回來，只餘全面撤走一法，因此發出全面進攻的命令。

步軍分從三條斜道往上衝去，躲在盾牌後的箭手，盲目的朝上發箭，也不理箭程是否能威脅對方，可知變化來得太突然，令攻城軍一時間失去方寸。

「隆隆」聲起。

三條臨時斜道各有數塊巨石翻滾而下，像活過來般不住跳彈，來勢洶洶。

眾攻城軍經過多日來的連番受挫，早士氣低落，心疲力倦，面對根本不是盾牌血肉能抵擋的檑石，大驚下四散跳下斜道逃生，躲避不及的變成滾地葫蘆，隨石直滾往拒馬陣的出入口處，那種亂狀，確非筆墨可形容其一二，還怎可以組織發動新的攻擊？

龍鷹此時現身在中間斜道頂上，左手高舉著被多層以堅實的紙包裹著、大如西瓜的球體，先掃視仍給傷兵和滾石堵塞的三個出入口。火把光在他背後閃跳著，勾劃出他高挺的體型，臉孔卻沒在暗黑中。他暴喝一聲，吸引了敵陣所有人的注意後，提氣揚聲道：「老子手托著的圓傢伙叫『見血封喉毒煙炮』，是由貴方客卿張魯先生親自監製，你們的鬼尊宗密智配以絕毒藥物精製而成，我不曉得吸入多少口才能致人於死，只知吸半口也不會是好事。識相的快開溜，否則勿要怪老子沒警告在先。」

如果張魯仍在攻城軍的一方，必會第一個掉頭走，因他不但深悉毒火炮的驚人威力，且親手將四支可引爆毒火炮的烙鐵裝進箱子去，而龍鷹這麼多廢話，雖累贅了點，卻非虛言恫嚇，只是烙鐵尚未燒紅，故拖延時間。

敵方的總指揮則心亂如麻，不知該如何應對，即使再次發號令進攻，也須待移走傷兵和石頭。走既不是，不走更不是。只好發出命令，讓撞車先打頭陣，只要能奪取第二層的控制權，將不怕對方的毒火炮。

丁娜修美的高挑身形出現在龍鷹旁，手持被火把燒紅了的烙鐵，直錐進毒火炮去，不片刻毒火炮的內核處透出紅光，還隨拔出的烙鐵逸出輕煙。

龍鷹大喝道：「還不快滾！」一個旋身，將毒火炮全力擲出。

紅光轉盛的大圓球，先攀往十多丈的高空，越過二千多步的距離和拒馬陣，落往攻城軍密集處，嚇得該位置的人四散逃亡。

遠處的人只有眼睜睜呆瞪著的分兒。

「轟！」

毒火炮終於著地，紙殼破碎，淬毒的小蒺藜和火屑遍地激射，濃黑的煙貼地擴散，周圍三、四丈走避不及的人，慘叫震天，左跌右仆，不少吸入毒煙者撫握喉嚨，痛苦不堪。

守城軍一方，包括巧奪火炮的龍鷹和風過庭在內，都沒想過張魯和宗密智攜手炮製的毒火炮如此歹毒和具殺傷力。一時看呆了眼，更想到如果不是時來運到，奪得火炮，現時敵人的情況，正是他們的寫照。

第二個毒火炮由丁玲送到龍鷹手上。

兩箱毒火炮共五十個，產生的毒煙足夠籠罩由此到石橋的整個地域。

丁麗以另一支燒紅的烙鐵，錐入毒火炮去。

第一個毒火炮仍不住冒起濃煙，隨著風城長年不息的西北風往石橋方向擴散，令嗆咳聲大作，敵方已潰不成軍。

第二個毒火炮從龍鷹手上擲出，取點是投石機所在處，也是敵方高級將領匯集的地方。

龍鷹喝道：「大夥兒一起擲！」

這句話像催命符壓下所有聲音，送進每一個敵人的耳鼓去。敵軍一聲發喊，也不知誰帶頭的，爭先恐後往只有一個出入口的後方拒馬陣湧去；唯一的逃生道立成樽頸地帶，敵兵你推我撞，棄兵曳甲，互相踐踏的逃生，哪還有半絲攻城雄師的味兒？

萬仞雨、覓難天和夜棲野各拿一個燒紅了的毒火炮，衝落斜道，到中段時才運力擲出，落點遠達對方後防的拒馬陣，造成更大的威脅和傷亡。

敵方終於吹響全面撤退的號角。

到擲光了毒火炮，從他們的位置看過去，拒馬陣以南已全被毒煙籠罩，煙隨風往石橋方向擴散。

皮羅閣來到龍鷹身旁，大呼「好險」。

龍鷹道：「幸好有滾石陣，如讓敵人狂攻上來，勢將變不成把戲。」

皮羅閣笑道：「我們還以爲你們會偷進敵陣內淋火油燒東西，所以早將用剩的石彈以籃子吊往第二層，剛好及時派上用場。」

丁娜來到龍鷹另一邊，雙手緊挽他臂膀，半邊嬌軀挨著他。

覓難天、風過庭、萬仞雨和夜棲野等，移至左右兩旁，突如其來的成功，將局面扭轉過來，使各人一時不知該如何處理。

龍鷹道：「敵人肯定要退返壕塹之外，重整陣腳，但因清楚大批可轉作守城用的器械，落入我們手上，所以會盡快調動生力軍來攻打我們，希望趁我們陣腳未穩前，重奪底層的控制權。」

皮羅閣點頭道：「敵人雖是死傷慘重，仍未傷及元氣，至少尚有三萬人能隨時投進戰鬥去，而我們則一夜沒睡，身疲力倦，恐難抵得住敵人的狂攻猛打。」

龍鷹道：「關鍵就在這裡。我們已運來兩臺六弓弩箭機和三百支鐵箭，就藏在橋底下的河床處。趁煙霧消散前，你們到河水裡起出弩箭機和鐵箭，毀掉索橋後，將拒馬陣橫列石橋這一邊，守以兩臺弩箭機，加上兩座箭樓，今次是寸土不讓，否則即使澤剛來援，最後吃敗仗的仍是我們。」

覓難天訝道：「聽鷹爺的語氣，好像另有去處，不會與我們到石橋去。」

龍鷹道：「還記得那晚我們藉洪水突襲敵人嗎？宗密智覷隙來犯，幸好得月靈公主提醒，我們留下足夠人手，否則怎會有現在的風光？同樣的事情會在日出前發生，當宗密智整頓軍心，安排調配後，痛定思痛，會親率鬼卒從後山捷道來犯。」

皮羅閣大吃一驚，道：「我已將把守捷道的人調回來參戰，捷道現在是沒設防的。」

風過庭笑道：「不用擔心，對方是憑鉤索等工具越嶺過峽的潛來，有此本領者人數不多，只我和龍鷹兩人便可兩夫當關，萬夫莫敵。哈！」

又問道：「公主沒來嗎？」

皮羅閣苦笑搖頭。

龍鷹道：「就是如此，我們分頭行事，希望可斬下宗密智的人頭，那時只要將他的人頭高掛石橋處，保證可嚇退所有敵軍。」

龍鷹和風過庭登上第三層，先各取幾筒箭矢，然後朝下山捷徑奔去，踏足一塊巨石上時，從山石開鑿出來，一級級依山勢向下伸展的階梯，出現下方。

兩人肩並肩的坐在石邊，均有鬆一口氣的感覺。

風過庭朝王堡後望海亭瞧去，似要找尋月靈的倩影。

龍鷹道：「年分該猜對了，日是滿月之夜，時辰又如何呢？她既在睡夢中過世，早上才被小宛發現，那便只有老天爺方曉得她的忌辰。」說時取出摺疊弓，張開，放在石上，又解下四筒箭，挨石放好，便於探手取箭。

風過庭現出回憶和思索的神色。

龍鷹心中一動，問道：「眉月怎會無端端向你提及有關『夢鄉』的事？」

風過庭道：「我完全記不起她是在怎麼樣的情況下提及『夢鄉』，只說若在臨睡前服下，『夢鄉』會隨血液的流動，進入心房，令心房的跳動轉慢，服毒者逐漸失去知覺，如入夢境，以後也不會醒轉過來，沒有任何痛苦。」

龍鷹道：「眉月通常在哪個時辰入睡？她既和你同帳而眠，你該是唯一清楚的人。」

風過庭道：「她的生活很有規律，每晚準時入睡。唉！問題在那是洱西平原而非神都，既沒有人報更，亦沒有時辰那類東西。我只可說，入黑後兩炷香的光景，她便入帳安眠。」

龍鷹道：「我們是模糊對模糊。幸好我看過幾本醫書，可根據服毒後血液中毒和運行的時間，做出時間上的判斷。」

事實上這方面的知識，來自胖公公師父韋憐香著的《萬毒寶典》，但當然不能說出來。

風過庭大喜道：「那究竟是何時？」

龍鷹神色古怪的湊到他耳邊道：「肯定是一日之始的子時，絕錯不了。你的未來嬌妻來哩！」

第十一章　禮尚往來

美麗的公主來到山路另一邊的岩石上，面披重紗，衣袂拂揚，寶石般的眼睛，投往黑沉沉的山嶺。不論優美修長的身形和其嬌姿妙態，均予人風韻成熟迷人的感覺，使人很難想像她的年紀只得十五歲多。事實上她從沒有親口證實自己是個未滿十六歲的少女。

月靈幽幽歎了一口氣，道：「你們是怎可能辦到的？石橋已重新落入我們的掌握裡。」

龍鷹勉力收回欣賞她曼妙曲線的目光，風城著名的風令她衣衫貼體，美景無窮，但因是「朋友妻」，故不得不壓下色心。道：「因爲庭哥兒是老宗命中的剋星。」

月靈道：「快天亮哩！你們在這裡等他嗎？」

龍鷹伸手從筒內拔出一支箭，另一手拏起摺疊弓，將箭安置弓弦上。淡淡道：「公主到這裡來，是否想看我們如何生劏宗密智？」

月靈道：「終有一天，你們或可以殺他，但絕不是今夜，今夜的他變得非常強大。」

龍鷹滿不在乎的道：「那送他一份小禮物又如何？」

風過庭感到龍鷹正和月靈進行另一種鬥法，他熟悉龍鷹的性情，知他不會無的放矢。唇角不由逸出笑意。剛好月靈朝他們瞧來，看到風過庭的微笑，雙目亮起異芒，似記起某事般，輕柔的道：「庭哥兒爲何笑呢？」

風過庭聳肩道：「沒甚麼，公主是不是很想問統帥，要送怎樣的小禮給老宗，但又不服氣他故意逗公主去問？」

月靈尚未回答，龍鷹將弓拉成滿月，往右方的山嶺望空射去，如此角度，根本沒可能瞄準目標，何況箭去處沒有半絲動靜聲息。

「呀！」

慘叫應箭而來，接著聲音轉細，然後是微僅可聞的墜地聲，光是聲音的變化，即清楚地描畫出中箭者從高處直掉往百丈下的崖底。

月靈道：「這是沒可能辦得到的，對方是在峭壁的另一邊，從這裡是看不到對方的。」

龍鷹道：「這支是碰巧的，來！試試另一支箭。」

月靈氣得不答他。

「颼！」

第二支箭望高遠去，投往山路右方奇岩異峰起伏的山嶺。

短促的慘哼聲響起，離他們處至少有二百多丈。

月靈按捺不住，道：「你究竟是想宰宗密智，還是要他知難而退？」

龍鷹將摺疊弓收起來，道：「問你的庭哥兒，他不像我般冷血無情，而是滿腔熱血。」

風過庭啞然笑道：「你這小子熱情似火才眞，更怕你幫得過了火，變成幫倒忙。」

龍鷹向月靈道：「一買一賣，公平得很，只要月靈肯親口證實庭哥兒猜測的年分，我對公主的問題，自會一一如實作答。」

月靈歎道：「還有其他的問題呢？」

兩人見她在這方面的堅持，至少口氣上是鬆動了，無不心中狂喜，卻不敢在表情神態洩露端倪。

龍鷹向風過庭打個眼色，著他說話。對風過庭，月靈是心軟的。

風過庭從容道：「有關對付宗密智的事，我們會知無不言，言無不盡。」

龍鷹在心裡大讚風過庭，這叫對症下藥，不論是對前世的她，又或今生的她來說，宗密智都是首要目標，作點犧牲既合情又合理。

月靈歎道：「好吧！庭哥兒的確猜中我的出生年分，而直到此刻，我仍不明白庭哥兒爲何能猜中。究竟你們是不是曉得一些有關我的事，是連我自己都不知道的呢？噢！你們在幹甚麼？」

龍鷹和風過庭正互相擁抱，互相大力拍打對方背脊，狀似瘋狂。

龍鷹放開風過庭，欣然道：「宗密智是不會被嚇走的，因為他清楚，眼前或許是他能平反敗局的最後一個機會。」

又探手抓著風過庭的肩頭，道：「至於我要送宗密智的小禮，是可令他在短期內沒法避過我對他的感應。」腦海浮現著端木菱不食人間煙火般的仙容，續下去道：「這是我從一位美麗仙子學來的仙法，當然來到我手上時，仙法變成魔法。公主若想追殺老宗，最好追隨在你的庭哥兒左右，免致錯失良機。」

月靈沒好氣的瞄了風過庭一眼時，宗密智在右方一處比他們低上十多丈的山峰處現出雄偉如山的體型，聲音從牙齒間迸射出來般道：「龍鷹你敢否和本尊在此一決勝負？」

龍鷹先向月靈眨眼，一臉老子猜個正著的得意神色，「呸」的一聲道：「宰你何需膽量呢！」

接著像頭獵豹般四肢伸展，先蹲在石上，然後爬至大石邊緣處，將猛獸的動作體態模仿得妙至毫顚的神似極限，只差未咆哮作聲，充滿原始、野性和某一種只有野獸方才具備的爆炸性力量，雙目魔芒濾盛，找到獵物般電射深深的盯著下方離他達二十丈遠的宗密智，全身衣袂獵獵作響，仿似山風變成了狂拂不休的烈風，氣勢威猛懾人，只有親眼目睹，才能感受得到。

風過庭還是首次看到龍鷹如此的進擊形態，亦給他駭了一跳，心中明悟，知這是另類對環境的利用和掌握，周遭的荒山野嶺，登時成了他的地盤，而宗密智則是獵物，換了任何人處在宗密智的位置，縱使沒有心寒膽落，亦要生出不知如何應付眼前「異物」的驚怵。

月靈則看呆了眼，不敢相信眼看到的情況。

下一刻龍鷹已腳撐石邊，惡獸躍淵般朝宗密智撲下去。

宗密智表面上完全不爲龍鷹的奇猛威勢所動，雙目精芒轉盛，雙手執著法杖，緩緩橫掃，簡單的一個動作裡，充滿變化的味道，忽緩忽快，令人沒法掌握其速度。但風過庭已知在此盛彼衰下，宗密智的氣勢被壓在下風，且中了龍鷹的計算。

現在宗密智最聰明的手段，是先往後撤，然後待龍鷹著地前，舊力剛消，新力未生的一刻，全力反擊。可是因心神被龍鷹的「變異」所懾，又求勝心切，同時更自恃武功，遂與龍鷹來個正面硬撼，欺的是龍鷹人在半空，只要大家旗鼓相當，他能守穩陣腳，便可來個凌空擊落，將龍鷹轟下百丈深淵。此更爲任何人對撲來猛獸的本能反應，勇敢的獵人都知掉頭跑是愚蠢的行爲。

「噹！」

烏刀狠劈法杖。

宗密智悶哼一聲，往後挫退，他沒有給劈得飛離山頂，已是非常了得。

龍鷹看似出乎天然的「獸撲」，骨子裡卻是他獨門絕技「彈射」的變式，充滿來自魔種的爆炸性力量，以動制靜，加上重達百斤的烏刀，於離宗密智兩丈許的距離方全力劈出，又是居高臨下，享盡從高處往下投物的狂猛衝擊力，而龍鷹則將諸般優勢藉己身融渾爲一個不可分割的整體，其厲害可想而知。

宗密智面對的再非單純的、強絕一時的對手，而是與龍鷹結合了的大自然和環境的力量，哪能守住陣腳？

龍鷹哈哈一笑，猶有餘力的翻到宗密智頭頂，烏刀如裂爆的激電般往宗密智頭頂電射而下。

宗密智顯出他穩居南陲第一高手寶座的功架，猛然煞止後退之勢，稍一矮身，法杖化爲千百杖影，沖天而起，硬擋龍鷹如瀑如潮的驚人刀法。不過亦只能見招化招，主動權被對手掌握，是身不由己下的守勢。

刀杖相擊，在黎明前暗黑裡的山頭，火花四濺，勁氣爆響，看得風過庭和月靈目眩神迷，大感刺激痛快。

月靈在這一刻前，從未想到戰無不勝、不可一世的「鬼尊」宗密智，竟有人能甫接觸，便把他壓得氣焰全消，落在下風守勢。

風過庭則曉得宗密智的眞正武功，絕不在龍鷹這魔門邪帝之下，但在機變上卻遜對手半籌，正是這一線之差，令他本來穩守實地的優勢蕩然無存，陷於苦戰。

「噹！」

一聲比之前任何一下刀杖撞擊更凌厲的激響後，龍鷹從宗密智上空釘子般斜插落地，而宗密智卻吃不住魔勁的衝擊，微一踉蹌，沒法從龍鷹的變招得益，與借勢反撲的難得機會錯身而過。

更想不到的是龍鷹足尖著地，竟還刀背後鞘內，一個急旋，投懷送抱的撞往宗密智，拳掌指肘腳膝，身體每一部分都變成可怕的武器，水銀瀉地般往宗密智狂攻猛打，無隙不窺。本擬好種種扳回劣勢構想的宗密智，在龍鷹的埋身搏擊下，不單構想成空，一時還沒法展開杖勢，但他終究是頂尖級的高手，臨危不亂，雙手移到法杖中間，腳踏奇步，在不到兩丈、凹凸不平的山頭，以驚人的高速移動，堪堪架著龍鷹千變萬化的攻擊。

「砰！」

勁氣爆響，龍鷹一掌拍在法杖的獸首處，拍得宗密智往後挫退時，龍鷹已朝他欺去，雙手做出奇異快速的動作，倏忽間往對方刺出十多指。

宗密智邊往後退，施展渾身解數，杖尾迴擊，挑中龍鷹左肩。

龍鷹慘哼一聲，應杖離地拋飛，到了山頭外的高空，來個凌空翻騰，下一刻已回到風過庭的身旁，剛立定立即噴出一口鮮血。

宗密智仍持杖立在山頭處，臉上卻沒有絲毫得勝者的神色。

龍鷹以衣袖拭去嘴角血跡，沙啞著聲音道：「鬼尊果然名不虛傳。」

宗密智厲聲道：「這是甚麼卑鄙伎倆？」

龍鷹笑嘻嘻道：「小弟肯讓老宗你挑了一杖，禮尚往來，當然要有回贈。所謂小小意思，不成敬意，兩注眞氣，一陰一陽，老宗你好好消受吧！在你成功化去前，就算你逃到天腳底，也逃不出我龍鷹的五指關。哈！噢！」

再咳出一口鮮血。

天上下著毛毛細雨，石橋一片朦朧。

四道浮橋被拆掉，這邊岸上架起兩重拒馬，將往風城去的通路完全封閉，僅有的兩臺投石機佈置在拒馬後，瞄準石橋的方向。

兩臺弩箭機被布帛覆蓋，不讓敵人察覺他們擁有如此攻堅武器。守城軍不但打了場大勝仗，還獲得大批軍用物資、糧食和營帳，雖人人筋疲力盡，士氣鬥志卻處於顛峰狀態。龍鷹抵達石橋時，所有人都躲進帳裡去爭取休息的寶貴機會。只剩下覓難天、萬仞雨、夜棲野和皮羅閣四人把守前線。

覓難天訝道：「公子呢？」

龍鷹目注前方，壕塹處的敵人沒在茫茫煙雨裡，不過只聽遠近傳來的聲音，就知敵人正調動人馬和攻陣的器械，組織大規模的進犯，此次宗密智將會投進全軍的力量，直至他們崩潰。隨口應道：「他給公主押了去談情說愛。」

覓難天失聲道：「竟有此事？」

萬仞雨笑道：「不要聽他的，最愛瘋言瘋語。解決了宗密智的突襲了嗎？還是白等一場？」

龍鷹道：「小弟怎會猜錯他呢？不過見有二夫把關，只好知難而退。」

夜棲野道：「把守後山捷徑的大任，交給鷹兒們去幹便可以了，一有異動，我們可立即趕去堵截。」

皮羅閣道：「我們很難再分出人手去把關，只好採用這個方法。」

龍鷹問道：「裡裡外外乾乾淨淨的，傷亡者到哪裡去了？」

皮羅閣欣然道：「我們全照鷹爺的辦法，將俘虜和傷亡者放返敵營，既可增加敵人的負擔，又可打擊對方士氣。跟著幾位大哥，我學會很多以前不懂得的東西。最重要的是審時度勢，靈活變化。」

龍鷹和萬仞雨交換個眼色，看出對方心內的想法，就是在機緣巧合下，培養出洱滇區新一代的霸主。

夜棲野哂道：「毒火炮並沒想像中厲害，中毒死者不到五十人，其他數百傷者，主要是因互相踐踏而出事的。」

萬仞雨道：「所以眞正擊退敵人的是恐慌，不過如非敵人既疲倦又士氣消沉，恐難取得這麼理想的成果。」

轉向皮羅閣道：「假設令妹下嫁公子，王子有何看法？」

龍鷹等莫不目光灼灼，看他的反應。

皮羅閣從容道：「大鬼主可以有自己的決定，不容他人干涉，王父亦無權過問。今次若能守得住風城，妹子是為我族立下大功，更沒人敢對她指指點點。」

稍頓續道：「作爲她的兄長，她得婿如此，我當然爲她高興。可是，唉！可是怎可能猜得中她出生的月日辰，還要猜中她連我也不曉得的名字？」

萬仞雨有感而發，道：「須看命運的安排了。」

覓難天遙觀敵陣，歎道：「我們的命運，也要看老天爺的安排。現時我們雖有一定的防禦力，但絕捱不了多久。」

各人點頭同意。雖然對方連番受到重挫，但能立即投進戰爭的兵員，仍達二萬五千之眾，只要輪番來攻，他們能挺多久？累都累死了。現在是大漠沙暴來臨前的寂靜。

龍鷹道：「他們會過橋越河的攻來，只要以利斧破開拒馬，蜂擁而入，我們多十倍人都招架不住。他奶奶的，定要想點辦法，遲些連想辦法的時間也沒有了。」

皮羅閤苦笑道：「想出辦法也沒用，我們根本沒多餘的氣力去做。」

龍鷹笑道：「不用太花氣力的辦法又如何呢？」

夜棲野道：「能跟隨鷹爺，是我們鷹族人的榮幸，因爲我一點辦法都想不出來。」

皮羅閣道：「計將安出？」

龍鷹淡淡道：「石橋這一截的河水，寬四丈深八至十二尺，只要我們將拒馬全都擲進河水裡去，用光這裡的拒馬後，再去後面搬貨，保證可造成對方難以渡河的障礙，那時只憑箭樓射下的箭，就足以令敵人難以越過來。那時只須死守石橋此唯一通道，會輕鬆多了。」

萬仞雨道：「果然是好計。我們要多擲幾個到下游去，以免對方坐木筏逆水攻來。」

皮羅閣道：「事不宜遲，我們立即動手。」

風過庭此時神采飛揚的來了，眾人沒暇問他與月靈「談情說愛」的詳情，將他強徵入伍，動手搬拒馬去也。

第十二章　勝利曙光

戰爭如火如荼的進行著。

宗密智親自督師，攻打守城軍的石橋關口。如果沒有龍鷹將「陸上拒馬」變為「河內拒人」的絕活，縱然有投石機和弩箭機，恐怕捱不了一個早上，便被佔壓倒性兵力的敵人攻陷。又幸而俘虜了張魯，讓對方失去攻城的能手。

河裡拒馬陣最巧妙處，是只佈於河水中間至北岸這一區域，不但可節省一半的拒馬，敵人且須泅水過來，方能破壞之。而這段二十尺的河程，成了死亡陷阱，分佈兩座箭樓上的鷹族戰士，全是百步穿楊級的箭手，箭箭貫注真勁，即使對方披上甲冑，仍逃不過被勁箭貫穿的命運。

龍鷹等又潛進水裡去，將拒馬以牛筋索紮個結實，再以木樁固定在岸邊，敵人想以鉤索硬將拒馬扯走的話，索子剛蹬直便會被箭矢射斷。

石橋變成唯一的通路，那亦變成弩箭機和投石機的活靶。

守城軍為佈成對方沒法逾越的障礙，用光了所有拒馬，遂把裝載弩箭機和鐵箭的箱子，裝上石頭，橫列在石橋的一端，堵塞石橋，令敵人沒法暢通無阻的殺過來。

戰爭於午時開始，先由十多輛撞車打頭陣，盾斧手則泅水越河，一時喊殺震天，漫空箭矢和石彈。

到守城軍出動六弓弩箭機，摧枯拉朽的洞穿撞車前方的擋箭板，對方本氣勢如虹的先鋒軍，立告傷亡慘重，潰不成軍。東歪西倒的撞車，反成為障礙。

到太陽降下西山，龍鷹、萬仞雨、風過庭、覓難天、夜棲野和他的十六個鷹族兄弟，主動越橋攻擊，斬殺對方百多人後，方返回己陣。他們還故意留下大批傷者，令敵人在處理好傷者前，沒法發動新一輪的攻勢。

二十一個人出擊，二十一個人活著回來，雖無一不浴血受創，其中兩個鷹族戰士更是從敵人手上搶救回來的，但仍屬漂亮的戰果。眾人連場激戰，早置生死於度外，抱著做一天和尚撞一日鐘的心情，等候敵人下一輪的攻擊。

大量的傷亡和器械的損失，似令敵人也感吃不消，吹出了撤退的號聲。當敵人運走戰場上的死傷者，守城軍亦停止攻擊，以示對死者的尊重。

龍鷹撐著疲乏的身體，大展醫術，穩住了己方傷兵的情況後，回到木箱陣，挨入風過庭和覓難天中間處，歎道：「又有六個兄弟走了。」

覓難天陪他歎了一口氣。

龍鷹問道：「宰掉張魯了嗎？」

覓難天道：「這傢伙見到我，嚇得屁滾尿流。我對他說，若是告訴我欽沒的所有事，我會給他一個痛快，否則我先將他一雙卵蛋剜出來。這怕死的傢伙甚麼都說了，然後我……嘿！眞痛快！」做了個砍首的手勢。

風過庭道：「此處事了後，我們和你一起去追殺欽沒。」

覓難天苦澀的道：「你以爲我們仍有機會活著離開風城嗎？」

坐在另一邊的萬仞雨，懶洋洋的道：「一定可以，這是命中注定的事。」

夜棲野在風過庭旁坐直身體，探頭過來道：「我們鷹族一向深信，自出生開始，要走甚麼路，早由主宰的大神安排好了。」

龍鷹探手搭著覓難天肩頭，道：「我們不單可活著離開，還可生劏欽沒和宗密智，欽沒排在首位，因爲他見勢色不對，會溜到別處去，宗密智則注定死在這裡。」

丁娜四女爲他們送來晚膳。丁娜道：「看你們渾身血污的樣子！快去洗澡，然後入帳休息。」

覓難天苦笑道：「別人可入帳睡覺，我們卻沒此福分，還要在這裡捱冷吹風，這就是所謂高手的不幸。哈！」

眾人陪他苦笑。

丁娜四女還要伺候其他人，依依不捨的去了。

風過庭道：「爲何我感到覓兄今晚特別意興闌珊呢？」

覓難天道：「公子看得很準，不知爲何，幹掉張魯後，整個人像虛虛飄飄的，事事提不起勁，未來一片空白，好像失去了追尋的目標。」

夜棲野道：「可是你仍未幹掉欽沒呵！」

龍鷹道：「這叫厭戰，太多死亡便是這樣子。你的未來絕不是一片空白，而是充滿生機，信任我這個便宜神巫吧！哈！」

皮羅閣從風城的方向策馬飛馳而來，躍下來，半跪在五人身前道：「終於有好消息，且有兩個之多。」

眾人精神大振。

皮羅閣道：「第一個好消息，是越大三兄弟和小福子回來了，隨行的還有二百三十三個矢志復仇的白族戰士，現在我的人正裝備他們，分配營帳，休息一夜後，明天可投進戰場去。」

夜棲野欣然道：「我們至少可多活一天。」

皮羅閣笑道：「不用悲觀。第二個更是天大喜訊，讓我首次看到勝利的曙光。」

萬仞雨道：「援軍終於來了。」

皮羅閣道：「我派去見澤剛的人坐越大的船回來，澤剛和他的二千精銳，扮成漁民，悄悄潛至北面越析詔曾佔據的島上，最遲明天黃昏，可分批抵達。」

眾人齊聲歡叫。

龍鷹問道：「澤剛有否採取『圍魏救趙』的方法，攻擊越析詔呢？」

皮羅閣道：「在這方面，施浪詔有其爲難處，因被夾在諸詔之間，妄然向越析詔用兵，大有可能被鄰詔所乘，故必須徵詢鄰國的意向，方敢動武，而依情理猜估，浪穹和邆賧兩詔，肯定不願看到施浪人佔據越析詔的土地，擴展勢力。」

眾人難掩失望之色。

即使加上澤剛的二千精銳，他們的實力仍未足以挑戰石橋外的敵人，死守始終不是辦法。

皮羅閣道：「各位大哥請放心，我們蒙舍詔接到消息後，肯定會立即大舉對蒙嶲詔用兵，蒙巂詔若退，越析詔還敢留下來嗎？」

龍鷹心忖今次最大的得益者，該爲蒙舍人，除像施浪詔般贏得聲譽外，還有擴張領土的實際利益，扭轉了鄰強我弱的形勢，隱成南詔未來霸主的局面。日後蒙舍詔在眼前雄才大略、有膽有色的皮羅閣領導下，當可開展出新的局面。

萬仞雨計算道：「澤剛和他的人，至少需要休息一晚，到後天才能作戰。一天兩夜並不易捱。」

龍鷹道：「不要說一天兩夜，如果沒有特別手段，今晚我們會被敵人攻破，澤剛的二千人根本沒有登山的機會。」

眾人給嚇了一跳。

龍鷹道：「我們的防禦似強實弱，之所以暫時還擋得住，全因敵人一時間沒法攻破我們佈在河裡的水中拒馬陣。但只要敵人建成木筏，一邊從石橋大舉來犯，牽制著我們的主力，然後趁夜乘木筏逆水而來，以大木盾擋箭，以利斧砍掉拒馬陣，只要破開一個缺口，便可蜂擁而來，我們縱然多上二百多人，能擋多久？我們少一個人，便減弱一分力量，但對方則是後續力無窮，誰勝誰敗，顯而易見。」

包括皮羅閣在內，眾人無不色變，只有萬仞雨和風過庭仍是輕輕鬆鬆的，因知龍鷹必有應付之法。

龍鷹現出側耳傾聽的神態，道：「你們聽到嗎？在河水下游處，正傳來伐木造筏的聲音，怕仍要一段時間，方可進行奪河之戰。哼！只要我們挺至後天清晨，這一仗便是我們贏了。」

萬仞雨罵道：「還有很多時間嗎？」

龍鷹笑道：「我的辦法是令敵人今夜沒法動手，我們則可到帳內倒頭大睡，睡至日上三竿，才再出來與敵周旋。當然，須勞煩我們的白族兄弟，做點苦工，但搬搬抬抬，怎都好過與敵人動刀動槍。」

風過庭淡淡道：「火攻！」

龍鷹道：「還是公子福至心靈。今早雖下了場毛毛雨，可是風城風高物燥，只要以少量火油引火，可燒他娘一個痛快。敵人遺留下來的，有大批的木材、營帳和雜物，我們便請白族兄弟，佈下兩重火線，第一重佈於石橋外，沿河的南岸設置，燒起來時敵人當然難以逾越，最厲害的是可冒出大量濃煙，隨風往東南方擴散，使敵人吸足一晚煙氣，視野不清，有得他們好受的。」

皮羅閣讚歎道：「這麼簡單又有奇效的妙計，爲何我們偏想不到？鷹爺的腦袋，確非一般人的腦袋。另一道火線又設在哪處，有何作用？」

龍鷹道：「另一道火線設於原城牆的位置，在適當時機淋上火油，讓它可立即起火，以阻截敵人的追兵，敵人破掉我們的水中拒馬陣，我們便裝作倉皇撤退，還棄下弩箭機和投石機，讓敵人誤以為我們自知不敵，退返第三層臺地，那時我們便可展開絕地反擊的策略，姑且名之為『王堡計劃』。哈！我們不是看到曙光，而是勝券在握。」

火線像一條張牙舞爪的大火龍，橫亙石橋外，濃黑的煙隨風捲旋，往東南擴散，際此天寒地凍之時，又隔了道石橋，他們仍感到火灼的熱力。

石橋河的下游，亦被煙霧籠罩。

夜棲野喃喃道：「我忽然感到眼睏，失陪哩！」掉頭朝後一道尚未燃點的火線內的營帳舉步。

所有鷹族和蒙舍詔戰士，均已返城內的營地休息，傷兵則被送往王堡，現時仍不住搬來易燃雜物，扔進火線去的，都是甫到達的白族兄弟。對宗密智和蒙巂、越析聯軍，他們有傾盡三江五河之水也不能清洗的仇恨。今次大部分來助守城的白族戰士，已因宗密智而變得一無所有，絕不將生死放在眼內。

箭樓上亦換上生力軍。

「鷹爺還認得我嗎？」

四人聞聲轉過身去，一個大漢偕兩個明顯是女扮男裝的少女，正歡天喜地的向他們施禮。

萬仞雨和風過庭均感頗眼熟，覓難天則肯定自己從未見過他們。

龍鷹哈哈笑道：「原來是哥朔老兄，你的攤檔已被夷為平地，還帶兩個俏夥計回來幹甚麼？」又向覓難天道：「我們在市集的露天食堂，便是他的攤子。」

萬、風兩人終記起他，含笑打招呼。

哥朔見龍鷹不單認得他，且一口叫出他的名字，感到大有光彩，感激的道：「我們從小福子處得悉曾光顧過我們的三位大爺，就是救我們的大英雄。小齊和小泓本被拘禁在洱西，全賴恩公們助我們逃脫，我才得和小齊、小泓重聚。所以聽到可回城幫手，我們夫妻三人想都不想就回來了，至少可當你們的炊事兵。」

兩女激動得流下熱淚。

萬仞雨道：「縱然逼走敵人，但在很長的一段時間，風城仍難恢復以前的光輝，你們有甚麼打算？」

哥朔興奮的道：「我們已推舉出新的族長，並在洱西覓地興建新城，族長還囑我向三位大英雄爲新城求個名字，沾點各位的福氣。」

又道：「這裡死了這麼多人，想想有多少冤魂野鬼，便誰都不敢回來。」

龍鷹欣然道：「想好再告訴你。」

哥朔道：「不敢阻四位爺兒休息，我們放火去了。」

言罷與兩女齊心合力提起放在地上的一大籮靴子，興高采烈越過他們，朝石橋急步去了。

覓難天道：「不知是否聽你們說多了，我開始相信命運。」

風過庭道：「你以前不信嗎？」

覓難天頽然道：「不是不相信，而是不願去想這種虛無的東西。我自少是個不祥的人，剛出世便遇上戰禍，家破人亡，全賴一個武功高強的忠僕，攜我殺出重圍。我的基本功夫是由他打下來的，可是在我十二歲時，他與地方的幫會發生衝突，被圍毆致死，我躲在一邊看著，卻是毫無辦法。五年後我重返該地，一夜間盡殺該幫二百多人，自此在吐火羅聲名鵲起，且得一個王侯聘任，享盡富貴和美女，但厄運卻沒離開我，主子因開罪了君王，招來誅家滅族之禍，我憑武功獨自逃生。唉！那種感覺有如親眼看著師父慘死眼前。」

三人都聽得呆了起來，覓難天不論外形武功，都予人能縱橫天下的威勢，想不到竟有如此可憐的身世和悲痛的過去。

覓難天續道：「一來是被吐火羅王下旨追殺，而我亦想離開傷心地，遂努力學習漢語，希望往中土闖天下。豈知去不成中土卻到了吐蕃去。嘿！對美女我是很脆弱的，欽沒送我的兩個波斯女令我是死心塌地的迷戀。唉！是我害死她們，若沒跟過我這不祥人，她們不會死得如此不堪。」

龍鷹等明白過來，覓難天殺張魯後愁懷難解，是因被張魯勾起心事。同時亦明白欽沒參與人口販賣的原因，美女的威力，一點不在富貴榮華之下。

覓難天道：「我現在是三十五歲，算過了半輩子，但當我看到她們狼藉不堪的死狀，我曉得下半輩子也完了。鷹爺邀我守空城，我當時在想，有如此美麗的一座山城作爲葬身之地，怎都好過曝屍荒野。」

風過庭道：「現在肯定不用殉城，你對自己的想法該是改變的時候哩！」

覓難天道：「鷹爺曾數次指出，我未來的運數會大有改善。只不知究竟是隨口安慰我，還是眞的有預知的能力？」

龍鷹道：「我不知這算否是未卜先知，只是的確有個離奇的感覺，就是我們絕不是湊巧碰上的，沒有你，我們極可能已守不住風城，而你更是整個安排裡最巧妙的一著，沒有你，我們根本不曉得張魯這個人，不明白他能起的作用。既然如此，覓兄正是我們命運的一部分，所謂有福同享，有禍同當。南詔事了後，隨我們回神都去吧！」

覓難天點頭道：「幹掉欽沒後，我再沒有甚麼地方好去的，便隨你們到中土去一開眼界。」

接著又道：「大家是共患難的兄弟，可是我到這一刻仍不明白你們因何到這裡來，像與宗密智有殺父之仇的樣子。使人尤其不解的是，你們顯然以前並不認識月靈公主，卻似曉得連她兄長都不曉得的事，公子又要娶之爲妻。究竟是怎麼一回事？」

龍鷹搭著他肩頭，朝風城的方向舉步，道：「此事說來話長，但一定會告訴你。我們現在先去好好睡一覺，將來找一天大家摸著酒杯底，細說前因後果，那時包保你對造化弄人的情況，深信而不疑。」

第十三章 宿世姻緣

龍鷹進入大方帳，似進入了另一世界，外面的戰場與他再沒有任何關係。寬廣十多尺的地面，鋪上地蓆和羊毛氈，一盞風燈高掛帳頂，柔和的色光填滿帳內的空間，窩心溫暖。丁娜、丁慧和丁麗三女，擁被而坐，正聽著小福子眉飛色舞詳述洱西新城選址、奠基等諸般情況。年紀最小的丁玲在一角睡著了，秀髮散亂地覆蓋著被子，自具惹人遐思的動人美態。

這是皮羅閣留給他的帥帳，位於被填平的護城河旁，他本想隨便鑽進附近的普通圓帳，睡他一個昏天昏地，但皮羅閣卻指統帥必須睡在帥帳裡，讓下面的人找起他來方便點，豈知丁娜四女全在帳內候他回來睡覺。

小福子見他回來，慌忙閉口。

龍鷹道：「繼續說吧！」

小福子正說得興起，一聲領命，續說下去。龍鷹坐入丁娜和丁麗之間，嗅吸著她們浴後香潔的氣味，扯緊的精神放鬆下來，生出甚麼都懶得去想的感覺。

戰爭確實是令人吃不消的東西，比拚的不但是敵我的實力，還有心志心力。在你死我活的情況下，人性徹底泯滅，某個深藏於黑暗中的可怕部分會顯露出來，回想自己某一刻的情況，會感到不認識那一刻的自己。

丁娜湊到他耳邊不依的道：「你不要人家伺候你嗎？竟偷偷溜了去洗澡。」

小福子見龍鷹回來後，三女對他的故事立即興趣大減，識趣的開溜了。

龍鷹心疲力倦的躺到地蓆去，聽著外面呼嘯的風響，腦袋一片空虛，似無有著落之處，記起覓難天不久前說過的話，曉得自己亦生出厭戰的情緒。

丁娜站起來弄熄風燈。

方帳陷入黑暗裡，在這溫柔鄉裡，是沒法聯想到戰場上的冷血和殘酷。敵我兩方，正是千方百計的要置對方於死地。

「窸窸窣窣」的脫衣聲在帳內響起，龍鷹不用看也知三女在做甚麼。不過他不但身體疲倦，心也疲倦，現在唯一希望的，是甚麼都不用去想去做，忘掉一切，忘掉所做過的任何事，甚至忘掉自己，進入夢鄉。

下一刻，他完全失去了意識。

龍鷹駭然坐起來，帳外雷鳴電閃，大雨滂沱，雨點打在帳幕上，形成豐富複雜的響聲。一時間他忘了身在何處，爲何會在一個帳幕內醒過來。

好半晌方記起昨晚的事。

丁娜四女仍酣睡未醒，粉臂玉腿從被子內探出來，帳內的密封空間瀰漫著她們的髮香體香。

他記起石橋外的禦敵火陣，肯定給淋熄了，雨勢這麼大，河水暴漲沖奔，敵人休想能在雨停前，逆水來破拒馬陣。

自練成魔種後，他還是首次睡得不省人事，這該與疲勞無關。以前不論如何疲倦，縱使在深沉的睡眠裡，他的魔種亦能保持警覺，絕不會像昨夜般，眼前一黑後，到現在方回復意識。

究竟發生了甚麼事呢？

隱隱裡，他感到與魔種有關係。

難道現在方是從「魔極」登上「魔變」的階段？

他感到風過庭正朝他的帳幕走來。就在此刻，他終肯定了他的魔功已更上一層樓，開始走向雨田批注的「極極生變」。

龍鷹迎上打著傘子來找他的風過庭，記起那天在龜茲，忽來雷雨，荒原舞打著傘去為花秀美擋雨的動人情景。探手搭著他肩頭，道：「哪來這麼好的東西？」

風過庭領他朝城內的方向走去，道：「是從王堡內拿出來的東西，勝過照頭照臉的淋雨。還以為你沒法爬起來。」

龍鷹道：「昨夜我是倒頭大睡，甚麼都沒幹過。定是小福子那傢伙告訴你們了。」

風過庭道：「誰說的並不打緊，趁雨停前，我來帶你去開答問大會。」

龍鷹一呆道：「答問大會？」

風過庭道：「你忘了答應過月靈，肯解答她的問題嗎？」

龍鷹抓頭道：「還有甚麼好說的？好小子！開始和她過從甚密呢！嘿！忘了問你，大戰宗密智那晚，她和你說了甚麼密話？」

風過庭思索道：「那晚很奇怪，她反覆追問我和鷹族的關係。唉！最終還是鬥不過她，不得不透露眉月的事，但我沒一字提及眉月曾鍾情於我，只堅持走了便沒有回來，直至今天。」

龍鷹道：「她相信嗎？」

風過庭道：「看來是不相信居多，所以要找你去印證。哈！」

望海亭。

龍鷹還是第一次站在這裡觀看敵陣，不知是因登上「魔變」的層次，還是因視野無限擴闊，敵我之勢，盡在方寸之間，瞭如指掌。

雨勢轉緩，雷聲漸遠，但天上仍是層雲厚疊，西南方的天際不時被閃電點亮。山洪轟轟鳴響，化爲數道白練，朝山城腳衝奔而下。月靈在洱海吹來、變得又冷又濕的山風下，衣袂飄飛，仿似欲乘風而去的仙子，其風姿之美，令人屏息。

兩人在亭子坐下，月靈俯瞰山城外的敵營，背著他們道：「在你們決意守衛風城之初，除你們外，沒有一個人對勝利存有任何希望，只抱著能守多久便多久之心。但於眼前此刻，即使最悲觀的人，亦感勝利在即，宗密智不但再非是戰無不勝的人魔，而是被你們三人玩弄於股掌之上的可憐蟲。你們道王兄真的被我一句『守不住風城，守不住一切』的話說服嗎？當然不是這樣子。王兄比我更清楚風城在這場爭霸戰的重要性，只因我告訴他，你們憑三人之力，擊潰了宗密智最精銳的部隊，輕取敵方主帥的首級，他才生出與你們拚死守城之心。那是橫豎是死，死得難看還是漂亮的選擇，豈知竟給你們創下眼前奇蹟。前晚當敵人被你們逼得退返城外，統帥又親自出手，不知使了甚麼手段，令宗密智臉無人色的退走，我心中便在想，天下間竟有如此厲害的人物。」

龍鷹微笑道：「公主勿要誇獎我們，會令我們臉紅。如不是多次得公主提點，恐怕我們早往地府報到。」

月靈淡淡道：「自洱西集初遇後，我對你們到南詔來一直持有懷疑，直至你們留下來守城，方懷疑盡去，又怕你們因不了解宗密智而吃虧。我有一套厲害功法，可在月滿之時發揮得最好，已準備在上一次月圓之時，行刺宗密智，這才是我離壇到此的眞正原因。當我全力展開功法，會化爲月夜的幽靈，其他人都難以干涉，變成我與宗密智間法力的比拚和生死的惡鬥。事後不論勝敗，我將耗盡了生命的潛能，化爲血雨。就是在那個晚上，庭哥兒想出洪水克敵之計，令我不用進行這個成功機會微乎其微的行動。」

兩人聽得倒抽一口涼氣，心叫好險。

月靈緩緩轉過嬌軀，面向兩人，寶石般的眼睛閃動著引人入勝的異采，緩緩道：「你們爲何到這裡來？因何肯不顧生死的守護一座空城？」

龍鷹暗踢風過庭一腳。

風過庭瀟灑一笑，從容道：「要到南詔來的是在下，鷹爺和萬爺則是與我共生死患難的兄弟。公主還不明白嗎？在下是爲你而來的，沒有第二個原因。」

月靈苦惱道：「可是之前你根本不曉得有我這個人，又不肯說清楚點，只懂怪我不明白。我可以明白甚麼呢？」

龍鷹心忖，風過庭可算是這撲朔迷離的美麗大鬼主命中注定的剋星，對著風過庭時，她會不經意顯露女兒家向情人撒嬌的動人情態。歎道：「公主對庭哥兒已是情根深種，何不撤去破法的誓言？改以另一較可行的方法，例如幹掉宗密智，公主便乖乖的嫁與庭哥兒爲妻，保證比當大鬼主快樂。」

月靈雙目現出淒迷神色，沒有否認對風過庭生出愛意，幽幽道：「不明白的是你們才對。女鬼主都有婚嫁的咒誓，除非被解除，否則可怕的災禍會降臨到委身的對象。此事沒得商量。唉！我也隱隱感到你們確是爲我而來，當庭哥兒三字入耳的剎那，我整個人給一種奇異的情緒緊攫，衝口說出這三個字來。庭哥兒怎可能知道我出生的年分？你們對我的了解，似比我對自己的了解還透徹。仍不肯坦白說出來嗎？」

風過庭雙目射出可令任何美女心顫的神色，語氣卻是出奇的平靜，道：「這叫天機不可洩露，時辰到時，不用我說出來公主也會明白。嘿！我只是隨口說說，不知是不是眞的是這樣子，但總感到現不應該說出來。」

月靈道：「唉！難言之隱。我該怎樣對待你呢？」

龍鷹理所當然的道：「當然是盡力協助，予以優待和方便。哈！庭哥兒！是說出月、日、時的時候哩！」

月靈沒有被面紗覆蓋的部分血色盡退，可以想像她花容變得蒼白的模樣。

風過庭猶豫道：「猜錯了即告完蛋大吉。唉！我是明白的。」

恐怕只有龍鷹方明白他意之所指。早一天說和遲一天說，不會有任何分別，因爲他們只能根據眉月自盡的月、日、時，推斷月靈的時辰八字。

龍鷹向月靈問道：「大鬼主希望庭哥兒猜對還是猜錯？」

兩人都認爲在此事上，月靈將貫徹其一向的作風，拒絕作答。豈知她竟坦然道：「兩方面都有。說吧！」

風過庭深吸一口氣，像得到了鼓勵，閉上眼睛，一字一字的緩緩道：「是我們漢人中秋月亮最大最圓後的第二次滿月，時間是兩天的交界處。」

龍鷹嚷道：「快睜眼！」

風過庭張開眼睛，一震道：「我猜中了？」

月靈美目異芒爍閃，霞滿玉頷，語調卻如不波止水，輕輕呢喃道：「你們是根據甚麼猜出來的？絕不可能是憑空猜估。」

風過庭與龍鷹舉掌互擊，興奮得要命。

月靈道：「尚欠我的名字，而我必須於此設限，我給庭哥兒三個月時間，如仍未能叫出我的名字，誓約將告失效。」

兩人聽得面面相覷。

風過庭道：「如果我叫得出你的名字又如何？」

月靈破天荒第一次現出害羞的神色，垂下螓首，輕柔的道：「那我會嫁給你庭哥兒，全心全意的愛你，爲你生兒育女，永不言悔。」

龍鷹歎道：「庭哥兒定不會讓公主失望。」

又湊到風過庭耳邊道：「她的時辰小弟是胡亂猜的，竟然一矢中的，可見冥冥之中，自有眉月在主持大局，你定能叫出她的名字。」

風過庭駭然道：「你這小子！」

月靈抬起頭來，回復冷然自若的模樣，道：「統帥又在說甚麼見不得光的事？」

龍鷹笑嘻嘻道：「我告訴庭哥兒，公主肯立即證實他猜對了，顯示公主對他已是情難自禁，所以不想庭哥兒受不知猜對還是猜錯的無謂折磨。哈！就像我們早曉得可守住風城，更知終有一天可宰掉宗密智，公主也等著委身下嫁你的庭哥兒吧！」

月靈幽幽的瞄風過庭一眼，向龍鷹道：「統帥以爲婚嫁咒誓只折磨他嗎？從第一眼看到他，我便曉得是前世的冤孽，今世來向我討還。在這方面我有特殊的能力，可是不論我如何請神問鬼，鬼神仍是默然不應，究竟是甚麼力量約束祂們？又或在約束我呢？」

兩人聽得頭皮發麻。

月靈隨口的幾句話，將己身的情況猜個正著，而聽入他們耳裡，另有一番深刻意義。

月靈續道：「我肯坦白證實庭哥兒的猜測，是向你們顯示誠意，希望可攜手合作，使宗密智形神俱滅。統帥在宗密智身上使了甚麼手段，可令邪靈亦生出懼意？」

龍鷹仰首望天，道：「雨停哩！敵人將在兩個時辰內發動全面的攻擊。」

然後向月靈道：「我拚著受傷，將兩注奇異的勁氣送入宗密智的經脈內，此兩注眞氣互倚互存，等若精靈，懂得避開宗密智的內視之法，如若與宗密智捉迷藏，非是一般眞氣能化解驅除，變成了附骨之蛆。只要憑此眞氣化出來的精靈，即使宗密智逃往千里之外，我仍能感應到他。」

月靈道：「他不會逃到千里之外去，只會返回他出生之地，在那裡，他的力量是最強大的。」

又美目深注的道：「你究竟是誰？」

龍鷹道：「公主聽過《道心種魔大法》嗎？」

月靈動容道：「你難道練成了魔門從沒有人練成功過的種魔大法嗎？」

風過庭訝道：「公主聽過並不出奇，但爲何會如此清楚呢？」

月靈嬌媚的道：「問問題的是月靈嘛！」

龍鷹道：「不是沒有人練成過，我只是第二個練成此法的人，我曾從死亡裡復活過來，從此擁有通靈之力，並不把宗密智邪靈附體的旁門左道放在眼內。從今天開始的三個月，請公主乖乖的跟著我們，直至嫁與庭哥兒爲妻。公主說得對，這是宿世姻緣，公主無心也無力抗拒。沒有一件事是巧合，一切自有老天爺的妙手在安排。」

月靈不解道：「你們要去追殺宗密智，我當然追隨左右。」

龍鷹道：「事情有緩急輕重之分，我們首先要去追殺來自吐蕃的欽沒晨日，順道對付人口販子，否則還不知有多少白族女子遭劫。」

月靈點頭道：「在此事上，我是義不容辭，你們可以放心。」

兩人早知她不會拒絕，因爲要拯救的，正是月靈前世的族人。

龍鷹起立道：「時間差不多哩！我們必須趕返前線去，應付敵人的攻擊。」

太陽在東面的地平上現身，散射清晨的霞彩。

月靈轉過身去，淡淡道：「我一直在這裡觀察敵人，看著他們從雄師勁旅，變為士氣低落的傷疲之軍，現在你們差的只是再一次狠挫對方，那時宗密智的威信將蕩然無存，敵方聯軍不但軍心離散，還會四分五裂。最後的勝利，將落入我們的掌內。祝鷹爺和庭哥兒旗開得勝。」

龍鷹一震道：「公主終肯喚小弟的名字了。」

月靈微聳香肩道：「對我來說，鷹爺只是個外號，不算名字。但你愛怎麼想，人家管不著呵！」

龍鷹知給她耍了一著，氣呼呼的偕風過庭下山去。

第十四章　隔世之戀

未申之交，雷雨停後個半時辰，敵人大舉進攻，其來勢之猛，是守城軍沒想像過的。對方首先將攔在橋上、損毀了的撞車拉走，又捨石橋而從兩邊陸岸渡河攻來。今次再不是以盾牌擋箭，而是將設有堅固擋箭牆的木筏推進河水裡，一個接一個，到最前排的木筏以繩索連繫河裡的拒馬陣，守城軍的前線大勢已去，只能坐看敵人將拒馬陣一截一截的破壞。連接起來的木筏，將河面變成陸地。

龍鷹早預料此仗必輸，只沒想過輸得這麼快，另一方面則是正中下懷，慌忙撤退，還詐作要推走投石機和弩箭機，當然走不到一半已給敵人過橋而來的騎兵隊追上，駭得棄戈曳甲而逃，遺下最有威力的守城工具。

經風吹乾至十之八九的第一道火線，淋上火油後放火焚燒，硬將追至的敵人逼返石橋處。在攻城軍眼中，守城軍已是強弩之末，只要再攻破第三層臺地的防線，斷去援兵之路，把守城軍逼得撤入王堡，可來個甕中捉鱉。

但在守城軍眼中，攻城軍正一步一步踏進他們精心佈置的陷阱裡。

澤剛來到第三層臺地邊緣處，與龍鷹三人逐一熱烈擁抱，又在龍鷹的引介下，與覓難天、皮羅閣和夜棲野致禮問好。志同道合下，大家一見如故，言笑甚歡。

澤剛道：「龍神巫破掉宗密智妖術的那一箭漂亮至極，向洱滇區所有部落顯示出誰才是法力無邊，神通廣大。」

夜棲野愕然打量龍鷹，道：「龍神巫？」

澤剛道：「正是龍神巫。現在誰不曉得中土最偉大的巫師，與三大護法高手，到了洱滇來？」

龍鷹怨風過庭道：「都是你這小子不好，弄得我現在人不似人，妖不似妖。」

風過庭哂道：「龍神巫有甚麼不好？在中土，巫師或許因被指控詛咒別人而被火燒處死，但在這裡卻是最受尊敬的行業。哈！」

萬仞雨笑道：「消息傳得眞快。」

澤剛欣然道：「龍神巫偕三大護法，與鷹族十八神鷹級戰士和皮羅閣王子的百個死士，保衛一座空城，頂著宗密智空前強大的五萬蒙巂詔和越析詔聯軍的事，轟動了整個洱滇區。」

現在本人和二千族人能參與此盛事，是我們最大的榮幸。」

又道：「我們該如何配合呢？」

龍鷹道：「來了！」

輪子磨擦地面的聲音，從煙霧瀰漫的城外傳來。太陽剛下山，天地昏沉。

皮羅閣道：「是大批撞車。」

風過庭道：「不像是撞車，該是手推車，滅火隊來哩！」

龍鷹道：「這叫求勝心切，老宗中計了。」

轉向澤剛道：「今晚你們好好休息，我們會設法守著第三層臺地，能頂多久就多久，頂不住時放火燒他奶奶的第四層倉庫，只要能拖至明天，我們便贏了。」

覓難天道：「我的娘！老宗確有一手。」

眾人朝下瞧去，以千計用濕巾包著口鼻的敵人，用從手推車運來的沙土，覆蓋在正熊熊烈燒的木材雜物上，不到片刻，火已被滅掉大半。

澤剛瞥一眼堆在兩邊，像兩座小山般的石頭，點頭道：「幸好你們早有佈置，這處又是居高臨下，敵人要攻上來並不容易。」

又訝道：「咦！是甚麼聲音？」

本橫亙在原城牆位置的大火龍，已變成東一堆、西一堆的零星火頭，煙霧漸趨稀薄，火把光照耀下，十多輛撞車正魚貫越橋而來，加上車輪磨地的吵聲，頗有懾人的威勢。

皮羅閣一震道：「還有樓車，宗密智是要進行夜攻呢！」

龍鷹道：「這叫孤注一擲，不理會將士在連番受挫下，不單士氣低落，還筋疲力盡，務要截斷我們唯一逃路，亦不讓其他人來援。到攻陷第三層臺地，他會放緩下來，讓手下將士休息。我們偏不如他所願，令他們疲於奔命。哼！老宗要和老子鬥戰術，仍是差了點兒。」

萬仞雨沉聲道：「開出通路哩！」

敵人以鏟子將熄掉的雜物和著沙土移送後方，開出三條通路。以百計的敵人越過火線，急步走往三條木構斜道，搬來大批雲梯。

接著是撞車，沒有停止的從斜道登上第二層臺地，排成一字形陣式，橫列下方，由於距上方臺地達六、七百步之遙，可擋矢石。

龍鷹向澤剛道：「澤剛兄不宜亮相，請先返王堡好好休息。」

皮羅閣挽著澤剛手臂，親熱的道：「讓我送王子一程。」

兩人去後，覓難天道：「打頭陣的該是投石機，在這樣的環境下，弩箭機是難起作用的。」

龍鷹道：「部署需時，沒有大半個時辰，敵人休想發動攻擊，我們不用在這裡呆等，先去醫肚子，找幾個人在這邊放哨便成。」

丁娜捧來熱氣騰升的大盤色、香、味俱全的洱斑，放在桌上，歡天喜地的道：「這是哥朔孝敬各位大爺，精心炮製的炭燒洱斑，三尾大洱斑都是剛從洱海捕來，半個時辰前由越三送上來。」

五人齊聲歡呼，當然不會客氣。

丁娜移到龍鷹身後，嬌軀貼伏他背上，湊在他耳邊嬌癡的耳語道：「你這人哩！弄得我們四姊妹今早差點爬不起來逃命。」又在他臉頰重重吻一口，笑著去了。

眾人早知龍鷹風流慣了，不以爲異。

聽著丁娜隨風送回來銀鈴般的笑聲，龍鷹卻暗自出了一身冷汗。我的老天爺，究竟是怎麼一回事？自己昨夜最後的回憶，便是三女「窸窸窣窣」寬衣解帶仙籟般的曼妙聲音，接著是眼前一黑，失去了清醒意識。難道其後在自己無知無覺下，竟與四女成其好事，來個男女之歡？

可是起來時，卻有煥然一新，登上「魔變」的層次。從「魔極」至「魔變」，向雨田用了七年工夫，自己不到四年便完成了，該是好事而不是壞事，但爲何昨夜卻似被操控了，幹出自己也記不起來的事？

模模糊糊裡，他隱隱掌握到原因，而這亦是仙子因何屢次強調仍未是時候的原因。

一直以來，他均感到魔種有調候的必要，而他的獨門調候法，是與心愛的美女合體交歡，他不知這是否最好的方法，但肯定是最迷人的方法。

告別美修娜芙後，不是晝夜不停的趕路，就是像現在般血戰連場，久未嘗女色的滋味。可以想見魔種被殺戮和血腥激起魔性，攀上魔極之極，道心亦要失守退讓，被它完全佔據了自己的心神，造成昨夜的荒唐韻事。至此，魔種的魔性得以完全宣洩，達致與道心無分彼此的境界。以前的所謂渾融爲一，只是道心裡有魔種，魔種裡有道心。至於是否眞的如此，則只有老天爺方清楚，因爲向雨田一生不近女色，沒法在這方面提供指引。

龍鷹一邊大快朵頤，心中暗呼好險。換過是小魔女和青枝主婢，後果將不堪想像。可是丁娜四女男女經驗豐富，又是久旱逢甘露，故不但不以爲苦，反以爲樂事。

夜棲野道：「投石機到了，照我看再擲個十來塊大石，肯定報銷。」

萬仞雨道：「我們現在是不怕弩箭機，卻怕投石機，壞掉便最理想。咦！還運來一桶桶清水，怕我們放火嗎？」

龍鷹微笑道：「老宗果然尚有兩道板斧。」

四人瞪著他。

龍鷹目注下方，道：「你們嗅到火油的氣味嗎？」

覓難天道：「敵人要放火！對！這是逼我們退離第三層臺地最簡單有效的方法。」

龍鷹道：「當從投石機擲上來的不是石彈而是火球，我們立即撤返王堡，避免不必要的傷亡。」

覓難天道：「不用守第四層嗎？最怕的是捱不過今晚。」

龍鷹道：「我們絕守不住第四層，唯一的手段是讓對方有救火的機會，損耗敵人的精力。宗密智若要換入生力軍，更需多花時間，明天太陽升起來前，老宗是不會攻打王堡的。」

夜棲野起立道：「待我去知會各位兄弟。」

皮羅閣此時來了，與離開的夜棲野說了幾句話後，坐入桌子去。

覓難天將整盤魚送到他面前，笑道：「還有半尾鮮斑，算夠道義吧！」

皮羅閣當仁不讓，大吃起來，漫不經意的道：「我和澤剛王子訂立口頭協議，在大家有生之年，絕不攻擊對方。」

四人心忖，這樣的一個協議純是表達友好的形式。施浪詔位於洱海之北，蒙舍詔則處在洱海之南，中間還有蒙巂詔、邆賧詔、越析詔和在洱西聚居的白族，可以想見在未來很長的一段日子裡，施浪詔和蒙舍詔都不會有爭奪土地的情況出現。

龍鷹心中一動，道：「庭哥兒猜中了令妹年、月、日、時，並得公主親口證實。」

萬仞雨動容道：「果然一如所料。唉！竟是眞的哩！」

皮羅閣和覓難天則毫無保留將驚訝表達在臉上，滿目難以相信的神色。

風過庭不解的看著龍鷹，不明白他因何岔往這方面去。皮羅閣不尋根究柢才是怪事。

果然皮羅閣先瞪龍鷹，最後瞪著風過庭，沉聲道：「這是不可能的事，公子根據甚麼做出猜測？唉！肯定不是猜測，而是你們有辦法知道連我都不曉得的東西。」

龍鷹道：「現在我即將說出來的事，兩位務要守口如瓶，特別不可向公主洩漏。」

皮羅閣深吸一口氣，點頭答應。又吁出一口氣，歎道：「我緊張得要命，比面對宗密智的千軍萬馬還要透不過氣來。」

龍鷹道：「輕鬆點！事情要從十六年前說起。」

夜棲野回來了，見人人臉色凝重，吃驚道：「是否有新的問題？」

萬仞雨道：「你亦是當事者之一，坐下來聽聽你不曉得的部分。」

龍鷹到夜棲野坐好，重複道：「事情要從十六年前說起，公子其時只是個十六歲許的年青俊彥。哈！」

風過庭罵道：「不用說得那般文謅謅的，聽得我毛骨聳然。」

龍鷹應了聲「好」，扼要的說出風過庭因觸犯鷹族禁忌致傷，被送往丹冉大鬼主巫帳的情況，又如何離開，到重返洱西，丹冉已玉殞香銷的經過。然後道：「丹冉大鬼主留下了給公子的四字遺言，就是『期諸來世』，換過我們任何一個人，只會把這當作死前的眞情流露，不會想到有任何實質意義。」

夜棲野倒抽一口涼氣，駭然道：「難道……難道月靈公主竟是……我的老天爺，世間眞有此等駭人聽聞的事？」

萬仞雨道：「這裡我要補充一下。丹冉大鬼主的死亡，並非因病，而是服下一種叫『夢鄉』的奇異毒藥。而在死前，她以生命的力量立下對宗密智最淩厲的咒誓，簡單來說，此誓令宗密智從一個沒法眞正殺得死的人，約束爲一個可以殺得死的人，丹冉大鬼主的死亡不但不是一個結束，反是她和宗密智兩大鬼主鬥法的新起點。」

夜棲野道：「非常精采！難怪宗密智遣人四處找尋丹冉大鬼主的遺骸，正爲要破她臨死前下的法咒。」

龍鷹向風過庭道：「我這樣揭公子的隱私，公子不會怪我吧！」

風過庭輕鬆的道：「開始時我很不習慣，但當你說出幾句後，我忽然感到不論是王子、野兄弟，又或覓兒，事實上無不是這個命運之局的部分，而非隔岸觀火的人，讓他們得個明白，是合乎道理的。」

萬仞雨道：「我也敢放膽說話了。說這種事，多少有點觸犯禁忌，洩漏天機的危險感覺。」

龍鷹接下去道：「於是公子帶著一顆破碎的心，返回神都，傷心人別有懷抱下，再沒法戀上別的美女，而任我和萬爺兩個做兄弟的如何旁敲側擊，百般引誘，仍不肯透露半句。」

萬仞雨辛苦的道：「可以不形容得那麼抵死好嗎？弄到我們忍笑不知忍得多麼辛苦。」

風過庭道：「笑便笑吧！何用苦忍？我現在的心情輕鬆寫意，甚麼都不介意。」

龍鷹故作神秘的沙啞著聲音道：「各位曉得公子因何心情大佳嗎？」

覓難天歎道：「以前肯定猜不到，現在卻曉得公主是愈來愈抗拒不了庭哥兒。早從她首次喚『庭哥兒』三字，我便有她是以全心全靈的力量去呼喚的奇異直覺。以後每聽一次她說出『庭哥兒』，我都有此感覺，且愈來愈強烈。我明白了，『庭哥兒』並不只是個名字，而是咒言，是連繫丹冉大鬼主和月靈公主間唯一的咒言，也喚起了公主原本密封著對公子的眞愛。」

風過庭遽震道：「說得好！」

龍鷹道：「這就叫一人計短，二人計長。覓兄肯定是用情極深的人，所以才有這樣深刻的見地。」

皮羅閣道：「敵人快發動了，我們繼續留在這裡，還是返堡內再談？」

龍鷹道：「連公子自己也認爲，事情會如此這般繼續下去，丹冉大鬼主和他的有緣無分，成爲了永不能挽回的恨事。直至忽然遇上兩個天大的轉機。眞古怪！現在回想起來，兩大轉機發生的時間先後，竟也像約好了似的。」

皮羅閣道：「聽得我全身起了雞皮疙瘩來。雖說我自少對鬼神深信不疑，但從未想過鬼神可變得仿如生活般的眞實。」

萬仞雨俯瞰敵況，道：「長話短說，首先是公子連續數晚做同樣的夢，令他感到是丹冉大鬼主向他託夢，接著是龍鷹說出另一個輪迴轉世的異事，令公子認爲丹冉大鬼主的『期諸來世』，可能非是臨死前的一個期望，而是實質的行動。遂生出回洱西來之心，爲的是找尋丹冉大鬼主的轉世再生，亦因此我們三個人和三位大哥坐在這裡。」

龍鷹接下去道：「我們正是根據丹冉大鬼主去世的年、月、日、時，推斷出月靈大鬼主出生的年、月、日、時。現在只差她的芳名。」

皮羅閣道：「我終於明白了。曉得月靈名字的，怕只有王父、她母親寧妃和大鬼主三人，大鬼主已於數月前過世，剩下王父和寧妃。沒有王父的准許，寧妃是不敢說出來的。擊退宗密智後，我立即趕回去見王父，將整個情況告訴他，並跪在他腳前，直至他肯說出舍妹名字，方肯站起來。」

眾人大喜如狂。

「嗤嗤」聲起。

漫天火箭，劃破夜空，朝他們投來。

第十五章　將計就計

通往王堡的兵馬斜道，與各層臺地間斜道不同處，是於斜道兩旁設長石階，置石欄，令斜道感覺上寬敞多了，氣勢不凡。

龍鷹等是最後返回王堡的人，登至階頂處，敵人火箭的攻擊範圍已擴展至第四層的倉庫，接近第三層臺地的十多個倉庫已著火焚燒。

戰火正不住逼近。

龍鷹頭也不回的道：「有人聽到投石機的響聲嗎？」

眾人皆搖首。

萬仞雨道：「肯定是留作攻堡之用，王堡頂爲鐵瓦，牆爲泥石，火箭無所施其技，只有石彈可造成威脅。」

夜棲野道：「我可保證不出十彈，兩臺投石機立要報銷，只有弩箭機射出的鐵箭，足可摧毀我們的堡門。」

眾人的目光不由投往兩扇以堅木造成，包以鐵片的大門。

堡門張開，龍鷹領頭踏足大門和王殿間的廣場。三層高的王殿傳來陣陣雷鳴般的打鼾聲，震動著廣場上的空間。笑道：「聽到兄弟們睡得香甜，我便放心。」

小福子迎上來，神色興奮的道：「打勝仗哩！打勝仗哩！」

大門在他們後方關閉，加上鐵門。

萬仞雨啞然笑道：「不要大呼小叫，擾人清夢，仗還未打，何來勝仗可言？」

小福子道：「人人都說會打贏這場仗嘛！各位大爺辛苦了，讓小福子領各位大爺去好好洗澡休息，今夜免收酬金。」

龍鷹心中一動，道：「小福子你給我打聽一下，看你的族人中有沒有是從滇池那邊回來的，特別留心一個叫紀干的美人兒，有消息立即報上來。」

小福子一聲領命，興高采烈的去了。

龍鷹自言自語的道：「我們眞的可以打勝仗嗎？」

風過庭道：「若依照現時情況的發展，我們是沒可能輸的。」

覓難天暗吃一驚，道：「鷹爺有不祥的預感嗎？」

眾人舉步穿過廣場，沿著石板鋪築的路深進王堡。

龍鷹道：「我不知道，但總有點不舒服，似是算漏了一些東西。」

夜棲野道：「這叫患得患失。一切明天自見分明，兵來將擋，水來土掩，到時隨機應變。」

皮羅閣和幾個手下神采飛揚的迎上來，前者欣然道：「王堡眞的很大，多一倍人來也可容納。今晚讓我們好好享受，明天將是決定洱滇區未來的一天。」

龍鷹浸在丈許見方的浴池裡，舒服得忘掉了堡外的敵人。此池本屬洱海王佟慕白專用的溫泉池，龍鷹身爲守城軍主帥，住的當然是最華麗的宮苑，龍鷹沒法推辭下，卻之不恭，只好受之無愧。

不論塞外還是南陲的部落民族，風氣開放。丁娜四女屬裸形族，本居於山林之內，只因近年在風城安居避禍，才沾染了點白族的風尙教化，但血液裡流的仍是裸形族原始的野性，遇上心儀的男子，直接大膽得教男兒漢也吃不消。現在與龍鷹有了「關係」後，更是放浪形骸，使龍鷹享盡豔福。

在四女的悉心伺候下，龍鷹重溫神都遙遠的舊夢，但心中那點疑慮，仍是揮之不去。

究竟在甚麼地方出了漏子呢？

丁娜伏入他懷裡，嬌媚的道：「鷹爺因何皺起眉頭？」

龍鷹探手撫摸她充滿彈性的香背，大訝道：「你們生活在山野，爲何皮膚可保持這般嫩滑？」

丁麗在一邊挽著他手臂道：「我們懂得從不同的花草果實採液，調配成汁液，每天早晚塗遍全身，既不怕蚊蟲叮咬，更可令皮膚保持光滑。」

龍鷹道：「如能得此秘方，拿回中土製成藥液出賣，肯定可賺個盤滿缽滿。哈！」

丁玲圍攏過來，撒嬌的道：「鷹爺不要回中土去嘛！在這裡，有我們四姊妹伺候你。只要你高興，我們可爲你生兒育女。就算你納其他女人，我們也不會妒忌，這是我們的風俗呵！」

龍鷹道：「你們該知這是不可能的，我是屬於中土的，便如你們是屬於洱海。在這裡我只是過客，旅程完了，便要回家去。」

丁娜道：「我們裸形族的女子，習慣了明天的事，明天才去想。鷹爺昨夜眞厲害，像有用之不盡的力氣，人家求饒了仍不肯放過。」

丁麗昵聲道：「我們還想要呵！」

龍鷹遽震道：「我想到了。用之不盡，哈！用之不盡，雖不可能有用之不盡的毒火炮，但總該有幾個剩下來，又或餘下的材料可多弄十來個出來。宗密智因此才如此珍惜投石機的運用。哈哈！」

丁慧道：「鷹爺在說甚麼呵！」

龍鷹整個人輕鬆起來，神舒意暢的道：「你們乖乖回房等我，待我安排好一切後，再回來與你們胡天胡地，留下生命中美麗的回憶。」

王堡。後花園。涼亭。

眾人聽畢龍鷹的分析，無不額手稱慶，除澤剛外，其他人均曾目睹毒火炮的威力，特別在王堡半封閉的環境裡，威力將以倍數增長。

萬仞雨道：「我們是給勝利沖昏了頭腦，又恃著有澤剛兄的奇兵，故思慮沒以前般周詳。」

夜棲野道：「敵人尚有剩餘的毒火炮，是有跡可尋，兩臺投石機，早殘舊不堪，擲來十多二十個石彈，對我們構不成威脅。但若擲來的是毒火炮，則是另一回事。」

隨毒火炮的爆破，除送出大量火屑濃煙外，還會激濺毒針和毒蒺藜，落往己軍密集處，殺傷力驚人。

風過庭沉吟道：「敵人會在何時發動進攻呢？」

萬仞雨罵道：「你們看看龍神巫，一副眉飛色舞的模樣，當知一切盡在他算中。」

龍鷹笑道：「萬爺今次罵錯人了。小弟只是想先聽各位意見，集思廣益後，我再調節自己的想法，方說出來讓各位大哥參考。」

覓難天笑道：「敵人將會在我們想都沒想到的時刻攻來。哈！這種思考方式，我是從鷹爺處偷師學來的。」

眾皆莞爾。

澤剛點頭道：「覓兄雖沒有指出敵人攻擊的時刻，但卻極具參考價值，只要我們現在到牆頭看看，投石機是否已進入攻擊的位置，便知敵人何時發動。」

龍鷹向風過庭道：「我們的庭哥兒，你又怎麼看？」

澤剛訝道：「爲何喚風兄作庭哥兒？」

皮羅閣笑道：「確是說來話長，打贏仗再告訴你。庭哥兒請！」

風過庭道：「鷹爺確是問對了人，剛才你到了內苑風流快活時，在下卻到了城樓觀察敵情，皆因你說過心裡有點不舒服這句話，令我不敢掉以輕心。」

人人現出注意神色，因知他是根據觀察得來的情況，做出精確的評估。

風過庭道：「當時眼所見的，很多都令我大惑不解。例如他們將大量清水送上來，卻不是拿去救火，反任由倉庫燒個透頂。雖說濃煙往上擴散，隨風往東南捲去，但怎都對他們明天進攻的部署，造成不便。又我們雖已成甕中之鱉，但若任由大批兵員在此捱更抵夜，吹足一晚寒風，而明天又要到午後才能發動攻擊，實是非常愚蠢。可是當鷹爺猜到他們手上仍有毒火炮，那所有解不通的事，全解通了。如果我沒有猜錯，他們將在午夜發動，先以六弓弩箭機打頭陣，射得堡門支離破碎，再以檑木攻門。如果我們到他們攻擊的一刻，仍以為他們會待至天亮方攻打王堡，我們將陷在怎麼樣的困局裡呢？」

澤剛拍腿道：「宗密智果然狡猾，幸好龍神巫比他更狡猾。」

他衝口而出的兩句話，惹來震亭大笑。

龍鷹苦笑道：「唉！狡猾兩字，小弟愧不敢當。不過先攻門後投毒火炮兩招，眞虧老宗想得出來。」

人人暗抹冷汗。

可以想像那時的情況。

兩臺弩箭機十二支重鐵箭連續發射，射中門牆發出可怕的撞擊聲，守城軍在睡夢裡被驚醒過來，一時間茫然不知發生了甚麼事。倉皇裡匆匆趕往城門，就在此時，毒火炮從天而降，落到人群裡。

澤剛道：「現在離午夜尚有個半時辰，時間緊迫，請龍神巫……」

龍鷹長身而起，以動作截斷他的話，道：「坐在這裡叫紙上談兵，站在堡牆叫實地觀察，到那裡再說。」

下層的倉庫大部分被火燒得倒塌下來，化爲焦炭，只餘頹垣敗瓦，間有火苗竄燒，煙霧瀰漫，遮擋著視線，使人看不真切。在永不停息的西北風吹拂下，火屑煙霧往前擴散，掩去了夜空，第三層臺地處，傳來軍隊和器械移動的雜音。

如果對方不是有毒火炮之計，於現今的情況下，向王堡發動攻擊是自尋死路。

龍鷹道：「今次進攻，由宗密智臨場主持，他更會親自出手，激勵士氣。」

萬仞雨道：「敵人必須將投石機和弩箭機送上下層臺地，方能發動夜襲，所以我們仍有準備的時間。」

龍鷹從容道：「敵人已陳軍佈陣於第三層臺地，只要一聲令下，可沿斜道推進，只要將弩箭機佈在下方兩旁，調校仰射角度，可向城門施放，簡便迅捷，攻我們一個措手不及。投石機射程更遠，可在煙霧外臺緣處發射，又或由宗密智學我般憑手力投進來，落點將更精確。」

風過庭問道：「對方有多少人？」

龍鷹道：「約在一萬五千人間，這批人已是宗密智現時能投進攻城戰的所有力量，其他都是傷疲之兵。敵人的策略是速戰速決，憑陰謀詭計和優勢兵力，一鼓作氣的攻陷王堡。所以只要我們能硬擋敵人破門後的首輪攻擊，敵人不但銳氣被大幅削減，且會受以前多次被挫的陰影嚴重影響，生出恐懼之心，失去鬥志。那時只要縱兵強攻，敵人將不戰自潰。」

皮羅閣點頭道：「原本以爲王堡內只有百多人，忽然擁出以千計氣勢如虹的大軍，光是此著就足以令對方心寒膽喪，生出又一次被算倒的懼意。」

「王兄錯了！」

眾人別頭望去，月靈公主優美的倩影，登上堡牆，因王堡內外，全無燈火，她便像從暗夜闖入人間的異靈，如眞如幻。

特別是皮羅閣、覓難天和夜棲野三人，剛曉得她是丹冉大鬼主的輪迴轉世，心中湧起的滋味，確是難以言表。

月靈來到龍鷹和風過庭中間，寶石般的美眸投往堡牆外。

龍鷹頗有歷史重演的異樣感覺，在以洪水克敵前，雙方仍未有交鋒機會，她也是忽然現身牆頭，為他們開竅似的帶來關係到未來勝負的重大敵情。從那一刻到現在，中間仿似沒有時間的流逝，戰爭從未開始過。當然，這只是因月靈引發的錯覺，事實上風城已再不復存，只餘王堡的一隅之地。

月靈再不像是蒙舍詔的公主，更像眉月回到人間世的美麗幽靈。

月靈香唇輕吐，道：「月兒又圓哩！」

眾人舉首望天，明月在漸趨稀疏的煙霧外，若現若隱。

牆頭被一種莫以名之的奇異氣氛籠罩，沒有人說話，靜心聆聽月靈似來自遙遠地域的仙籟天音。

月靈帶點縹緲遊移特性的聲音，在各人耳鼓內響起道：「你們太小覷宗密智了，他身上的邪靈，早察覺到援軍的來臨，所以不得不趁我們陣腳未穩之際，催軍強攻。他正冒著最大的風險，來個孤注一擲。」

「對宗密智來說，真正決勝的戰場，是在王堡外而不是在王堡內。他知道各位武功蓋世，縱受毒火炮影響，仍有能力殺出重圍，逃出王堡。所以最後的戰場，是第三層臺地，宗密智在那裡設下足可殺死我們所有人的力量。而他只要能斬下龍神巫的首級，那他在這場攻城戰失去的東西，不但可一次贏回來，還將成為名懾天下的人物。」

覓難天訝道：「公主怎會曉得毒火炮的事？我們尚未有告知公主的機會。」

月靈道：「你們早前在後園的亭子說話，我一直在旁聽著。」

轉向龍鷹道：「這便是大鬼主與萬化冥合的本領，一旦宗密智化去統帥送給他的小禮物，他便等如從人世消失了。」

龍鷹解釋兩句後，道：「得月靈公主提醒，情況忽然急轉直下，我們以前想的東西再不可行，請庭哥兒爲我們籌謀運策。哈！這個統帥眞易當。」

月靈又現出女兒嬌態，嗔道：「爲何不問人家，偏要去問庭哥兒？」

此刻的月靈，不單沒有絲毫眉月的影子，且不像平時的她，只像個懂撒嬌的小女孩，非常天眞可愛。

她的變化萬千，又與小魔女的多采多姿有異，卻同樣地令人心癢，引人入勝。

給覓難天提醒後，除澤剛外，他們對她呼喚「庭哥兒」特別留神，果然感到她來自深心某種全情投入的喜悅。

龍鷹漫不經意的道：「有分別嗎？」

萬仞雨等會心微笑，也不得不佩服龍鷹的氣定神閒，談笑用兵。而他們都緊張得要命，因敵人可在任何一刻來犯。

風過庭笑道：「讓在下爲公主說出來，只要我們能守穩王堡，這場仗便是我們贏了。我們的目標不是要擊潰敵人，而是創造奇蹟，不損一兵一卒。」

皮羅閣大笑道：「不愧是庭哥兒，先有洪水破敵之計，現又有立於不敗之地的計謀。整個作戰大計已是呼之欲出，我們立即付諸行動如何？」

澤剛欣然道：「王子不耐煩了，我也說出我的心聲。唉！我緊張得要命。」

龍鷹領先朝下牆石階走去，道：「公子是無名而有實的主帥，不用負責粗重的工作，留在這裡陪公主談心吧！」

風過庭應道：「這是個我沒法拒絕的提議，記著！不求有功，但求無過。」

眾人轟然應諾，氣氛熱烈。

風過庭朝月靈瞧去，她仍美目深注的看著王堡外的敵陣，絲毫不爲龍鷹的調笑所動，忽然間，他再分不清楚眼前幽魂似的神秘美女，究竟是月靈公主還是丹冉大鬼主。

第十六章　流星飛錘

守城軍悄悄起來，準備應付即將來臨、決定勝利誰屬的戰爭。

自白族戰士二百多人來援，鷹族和蒙舍族的戰士終於得到喘息的機會，返回王堡盡量放鬆和休息，過了兩天正常的生活。到現在無不精神奕奕，充滿與敵人周旋下去的信心和活力。

施浪族的二千戰士，全是該族的精英好手，尚未有投進戰事的機會，稍事休息一、二個時辰後，已盡去旅途的疲勞，處於顛峰的作戰狀態。

龍鷹說出應戰的計劃後，再由皮羅閣、澤剛和夜棲野召來手下，開了個簡單和扼要的會議，白族推舉出來的頭子亦有參與，然後將命令傳遞下去，務令每一個人都明白自己的崗位和任務，再由澤剛和皮羅閣攜手指揮臨場的實戰，擬定了指揮的號令。

會後全力準備之際，離午夜尚有個許時辰。龍鷹、萬仞雨、覓難天、夜棲野、皮羅閣和澤剛來到堡牆和正殿間的廣場，實地觀察形勢。風過庭從城樓走下來。

皮羅閣調侃道：「舍妹有向庭哥兒吐露心事嗎？可否透露點來聽，讓我對妹子多點了解。」

眾人笑了，只有龍鷹皺眉不語。

風過庭亦是神色凝重，趨前道：「我和公主沒說過半句話，因我的腦子似不受控制的轉動著，想到敵人方面種種的可能性。」

各人收起笑容。

覓難天道：「想到新的問題嗎？」

風過庭向龍鷹道：「你的應敵大計如何？」

龍鷹苦笑道：「只能應付敵人第一波的毒火炮攻擊。」

風過庭深深瞥他兩眼，道：「你也想到了。」

龍鷹吁出一口氣道：「這是丹冉大鬼主第三次點醒我們，告訴我們絕不可小覷宗密智，而上兩次都能使我們將不利的局勢扭轉過來，希望今次亦不會例外。」

眾人心中湧起奇異的滋味。

剛才澤剛得萬仞雨扼要說明了月靈詭秘的身分，由於是忽聞此事，全沒有心理上的準備，感覺比其他人更強烈。

丹冉大鬼主與「鬼尊」宗密智的隔世之戰，已到了決定性的關鍵，他們的勝負，直接決定了洱濵區未來的命運。敗北的一方，將永遠失去平反的機會。

夜棲野沉聲道：「你們想到了甚麼？」

風過庭道：「你們有想過一個問題嗎？早前在石橋之戰，一直有毒火炮在手的宗密智，縱然沒有投石機，亦可像鷹爺般徒手將毒火炮擲過來，但他偏沒有這麼做。原因何在？」

澤剛沉吟道：「毒火炮在空曠開闊的地方，威力遠不及在王堡內施放，這個或許是其中一個原因。」

風過庭道：「任何攻城者，都不會一次將所有攻城工具推往戰場去，必留有後備，以作補充。假設這個想法是對的，那宗密智手上該仍有一批攻城器械，我們眼前所見的便是撞車，但見不到的可能仍有一批投石機，那是現時最能決定王堡存亡的攻城利器。老宗爲何在石橋之戰時，一直不肯出動投石機呢？」

覓難天駭然道：「我明白了。宗密智不但不怕我們有救兵來援，且是求之不得。他最害怕的是我們見勢不妙，棄城從後山秘徑逃走，再號召各族來反攻風城，逆轉主客的位置。他任由火焚倉庫，正是要藉煙霧掩護，進行攻堡部署。」

皮羅閣道：「我們必須改變策略。唉！」

龍鷹笑道：「還是我們的庭哥兒行。公主聽到嗎？你的庭哥兒在這個月來動的腦筋，比他上半輩子加起來還要多，可知他正爲公主發著熱戀的高燒。」

月靈公主如不波止水的聲音從牆頭傳下來道：「虧你還有開玩笑的心情。宗密智先饗我們以毒火炮，再來石彈，加以弩箭，到我們牆碎屋塌，然後以撞車打頭陣全面進擊，我們再多一倍人仍抵敵不住。」

除龍鷹、萬仞雨和風過庭三人外，其他人均頹然無語。

澤剛苦笑道：「似乎唯一方法，是棄堡朝下攻殺，但肯定正中宗密智下懷。」

月靈公主的聲音傳來道：「有統帥在，怎會無計可施？」

龍鷹訝道：「公主看得見小弟的表情嗎？」

月靈淡淡道：「我感應到你，你比現在處於峰極狀態的宗密智更強大。」

此刻沒人可再把她視作不足十六歲的女孩子，她活脫脫正是丹冉大鬼主的化身，與宿世大敵宗密智展開決戰。

只有她，才能對宗密智如斯了解明白，不讓他的詭謀奸計有用武之地。

龍鷹取出摺疊弓，張開，遞給夜棲野，好整以暇的道：「這裡如論箭術，必以野哥兒稱冠，且是天生神力。」

夜棲野當仁不讓、滿心歡喜的接過，問道：「射甚麼東西？」

龍鷹道：「照現在的情況看，老宗該沒法趕在午夜發動攻擊，到對方開始清除倉庫被燒至半塌的破牆，攻擊的時刻才來臨。我們是居高臨下，整個第四層全在摺疊弓的射程內，我會獨自出擊，摧毀對方所有遠程攻擊器械，掩護我的便是黑暗，所以要藉老哥的驚人箭術，射毀對方所有能照明的東西。」

澤剛倒抽一口涼氣道：「有可能嗎？」

萬仞雨道：「別人沒有可能，但鷹爺肯定辦得到，這亦是我們唯一的生路。」

風過庭道：「要不要我們兩人陪你去？」

龍鷹道：「山人自有妙計，人愈少愈能發揮，用的仍是陀螺大法，不過今次是活陀螺。哈！若不是在山城這樣的特殊環境裡，我們今次是死定了。」

風過庭提議道：「既然毒火炮後是石彈，敵人有一段時間不會破門來犯，何不在堡門處設個檑石陣，好配合鷹爺的陀螺大法？」

眾皆稱妙，喪失的信心，又回復過來。

夜棲野道：「失陪了，我要到後山練箭，以免有負重託。」

龍鷹探手搭著他肩頭，笑道：「大家一起去，你老哥去練箭，小弟去採石。哈！」

原本對龍鷹的陀螺大法一知半解者，終於開始有些兒明白。

龍鷹左右肩各扛著一塊重達二百斤的石頭，走上城牆。

正在堡牆觀察敵陣形勢的萬仞雨、風過庭和覓難天都轉身來看他。

月靈仍保持她似在任何一刻亦會騎仙鶴登天的神秘姿態，寶石般的眸珠異芒流轉，全神貫注堡外的敵方情勢，對周遭發生的事不聞不問。

龍鷹半眼不看堡外的，挨著外堡牆坐到地上，將石頭放在腳前。

兩塊石頭顯然經他精心挑選，石體呈現鐵礦的質地，予人堅硬的感覺，扁平而呈長形。

龍鷹好整以暇從懷裡掏出鐵鑿、鐵錘，對兩石打打鑿鑿，動起手腳來，光是看他雙手靈活如神的運鑿敲錘，本身已是賞心悅目的事。

覓難天讚歎道：「鷹爺有雙非常靈巧的手。」

龍鷹道：「為增加你的信心，告訴你一件事。我們聖上的女兒太平公主，曾推許一張由小弟弄出來的榴木太師椅，是她坐過的椅子裡最舒服的，至今仍放在她浴堂外的衣妝間。哈！」

又隨手從懷裡掏出十多條牛筋索，送到身旁萬仞雨的手裡，笑道：「勞煩萬爺的貴手，搓成永不會折斷、數條合為一條的超級牛筋索。」

萬仞雨欣然道：「只要想著它能救命的恩德，本人怎敢疏忽怠慢？哈！包在我身上。」學他般貼牆滑坐下去。

覓難天也如他般滑坐地上，伸手過去幫萬仞雨弄索子。道：「我一生之中最正確的決定，該是應鷹爺之邀留下來守風城，有種霉氣盡去，驚喜來之無窮的過癮滋味。」

龍鷹見月靈仍是一副融入了月夜去、不願從幽冥回到人間的模樣，忍不住逗她道：「敢問月靈大鬼主，老宗那邊情況如何呢？」

月靈清越的聲音，穿過冥凡之界似的在眾人耳鼓內說故事般，娓娓動聽的描述道：「倉庫區的火勢接近尾聲，仍冒起大量的煙霧，阻隔視線。敵人更改用特製的風燈，只照明下方，不怕風吹，芒光不上洩，令我們很難憑肉眼看清楚對方的調軍遣將。」

四人聽著她的聲音，那種既入世又超越的感覺，是怎都沒法精確的去形容。

月靈不徐不疾的續道：「十多輛樓車，分從三條斜道送上來，移至第三層的臺腳下，對方可從樓車的階梯，直接登上第三層。此外八架撞車和六臺投石機，在半炷香前以絞索和人力吊上第三層臺地，還有大批石彈。不過敵人在一個時辰內，仍未能發動攻擊，因為宗密智正將勞累不堪的兵將調走，換上另一批數目介乎八千至一萬人的生力軍。換軍行動仍在進行中，我估計要到三更時分，敵人才能發動攻擊。」

龍鷹歎道：「我們的確在知敵上，不住犯錯，宗密智不但老謀深算，還有驚人的忍耐力，直至我們自以爲是的守在王堡內，才打出最後的籌碼。」

萬仞雨笑道：「幸好老宗像其他所有人般，犯了同樣的錯誤，就是不知面對的是甚麼東西。」

覓難天不解道：「萬爺指的是甚麼呢？」

龍鷹輕描淡寫的道：「他指的是小弟。哈！連我都不曉得自己是甚麼東西，別人怎能知道？我會給老宗一個他從沒想像過的驚喜。」

牆外斜道石階下的遠處，傳來「砰砰嘭嘭」的撞擊聲，倒牆拆屋的樣子。

一如所料，敵人開始清理第四層的火災場。

龍鷹伸個懶腰，笑道：「大功告成，這是小弟首次爲自己製成獨門兵器，包保敵人從沒面對過這樣的東西。」

兩塊扁石的形狀給統一了，長闊厚相若，邊寬中間窄，還開了坑紋，粗牛筋索紮緊後，不論如何運動石頭，絕不怕有筋索移位或鬆脫的情況。

索子的另一端特別粗，設計了把手，可套在腕掌處，甚至可調整索子的長度。

覓難天提議道：「要不要到廣場演練一番？待會可更得心應手。」

萬仞雨道：「覓兄可知任何兵器，不論如何古怪和難用，他都可以玩得像自出娘胎後一直在用這件兵器。」

風過庭笑道：「眞誇大！不過覓兄確可放心，龍鷹射第一箭前，連弓箭都沒摸過，卻可在大江的暗黑高空裡，命中沒有亮燈火隨水波動的三艘敵船船桅，其他覓兄可以想像。」

龍鷹大訝道：「當時公子並不在場，卻清楚得像親眼目睹。」

風過庭灑然笑道：「你的金髮美人兒在不同時間向我和萬爺說足三遍，怎可能不清楚？」

萬仞雨欣然道：「不過她的聲音神態確是聽看不厭，故重複了仍是那麼耐聽耐看。」

覓難天惋惜的道：「我只是隔遠看過她幾眼，緣慳一面。」

月靈的聲音傳來道：「敵人開始佈撞車陣哩！」

萬仞雨和覓難天跳將起來，與轉身的風過庭目注堡牆外的敵況。

萬仞雨失聲道：「這是新製的撞車，擋箭板只蒙上生牛皮，沒有包鐵片，卻加高至兩丈，應是吊上來後才加裝的。」

覓難天倒抽一口涼氣道：「我們雖然佔著高地的優勢，卻沒法威脅到撞車後的敵人，更看不破車陣後的情況。此著非常厲害。」

夜棲野在皮羅閣和澤剛的陪同下，登上堡牆。後兩人都扛著大批長矛。

龍鷹仍懶洋洋的靠牆坐地，向夜棲野道：「有把握嗎？」

夜棲野直抵牆垛，朝外觀察片刻，笑道：「風燈比火把更易射，遠的包在我身上，近的由其他人對付。」

皮羅閣和澤剛把長矛放在地上，前者道：「從高擲下去，矛比箭更有殺傷力，說不定可來個一矛三鵰。哈！」

又有人送來布帛和清水，以應付毒火炮生出的毒煙。

氣氛愈趨緊張，充滿山雨欲來前的勢頭。

龍鷹問道：「眾手足準備好了嗎？」

皮羅閣打出一切妥當的手勢，道：「除了沒法應付的弩箭和石彈外，我們有能力應付敵人的任何攻擊。」

澤剛道：「檑石陣部署妥當，剩餘的會搬上來，從牆頭擲下去，已教敵人難受了。」

龍鷹輕鬆的道：「當敵人開始以弩箭射擊城門，所有人都要躲進屋內去，關上門窗。牆頭由萬爺、公子和鷹族兄弟負責，我則去令敵人一顆石彈也沒法投出。」

萬仞雨道：「弩箭機交給我們，看可捱多少塊大石。」

皮羅閣跪下去，研究龍鷹一手炮製的奇門武器。

澤剛道：「想不到勝敗竟繫於兩塊石頭上，這東西該改個好名字，傳說起來時可說得更鏗鏘有力，琅琅上口。」

月靈的聲音傳來道：「叫『左右流星飛錘』如何？」

龍鷹大喜道：「得公主肯開金口，還可以有第二個更漂亮的名字嗎？」

此時小福子領著個白族戰士登牆而來，龍鷹等均曉得，小福子終尋得熟悉滇池區的人。

第十七章　宿命之戰

「瓦通拜見鷹爺！」

龍鷹欣然道：「大家是並肩作戰的兄弟，不用多禮，我也不會客氣。哈！」又介紹風過庭等人予他認識。

瓦通年紀在三十五、六歲間，相貌粗獷，滿臉鬚髯，體型驃悍，一看便知是勇武之士，身手不凡。

小福子道：「通大哥是我們白族的著名武士，有『洱海飛魚』之稱，水上功夫了得，是洱西集響噹噹的人物，一向在族長手下辦事，乃族長的頭號心腹。」

龍鷹訝道：「族長指的是否魏子期族長，瓦兄沒隨族長到滇池去嗎？」

瓦通道：「我本隨族長到滇池去，走到半路時，收到洱西集被夷為焦土的消息，心中悲憤，忍不住掉頭回來，找蒙巂和越析人拚命，殺得一個便一個，自己的生死再不重要。到曉得你們力守空城，以百多人對抗宗密智的五萬大軍，嘿！」說到這裡，雙目湧出熱淚，泣不成聲。

龍鷹探手抓著他肩頭，待他情緒平復後，道：「你們不是在洱西集被襲前，早已離開嗎？怎會收到洱西集被夷為平地的消息？」

瓦通不好意思的拭掉熱淚，道：「我們一行七千多人，大多是老弱婦孺，還有大批牲畜，走得很慢，從洱西平原逃出來的族人，很快便追上我們。」

萬仞雨問道：「你們到滇池去，有特定的目的地嗎？」

瓦通道：「我們是要到滇池南端的望水去，該城是滇池白族的據地，由大老泰奉當家話事，與我們有生意往來，希望他念在同族情誼，可在滇南平野予我們暫時棲身之所。」

風過庭正觀察牆外形勢，沉聲道：「救火哩！」

龍鷹別頭瞥上一眼，果然傳來潑水的聲音，所餘無幾的火頭逐一熄滅，冒起的是白煙，下層邊緣處人影幢幢，但因視線被橫亙擋車特大的擋箭板阻隔，看不清楚。但怎瞞得過他的靈耳，不用看也曉得對方調動的情況。向瓦通道：「瓦兄熟悉到滇池的路途嗎？」

瓦通道：「我自十二歲起，便隨父送貨到滇池去，到今天往來滇池超過百次。」

龍鷹道：「貴族避往滇池的大隊，已成了人口販子的口邊肥肉，打敗宗密智後，我們立即上路到滇池去，瓦兄願為我們領路嗎？」

瓦通色變道：「鷹爺要我到哪裡去，瓦通便到哪裡去。」又心焦如焚的道：「這麼多天了，怎辦好呢？」

龍鷹不知該如何安慰他，道：「想不通的事，暫時不去想，先集中精神應付敵人。宗密智攻擊在即，你們下牆去。」

瓦通和小福子去後，龍鷹來到月靈的另一邊，向月靈道：「請大鬼主出來主持大局，決定性的時刻，就在眼前。」

萬仞雨、風過庭、覓難天和夜棲野四個知情者，均曉得龍鷹說話的對象，再非月靈，而是月靈某一秘不可測的部分。

氣氛立時變得無比詭異。

在下方五百多步外的撞車陣後，衝出近二百個盾牌手，持的是巨型大木盾，三個人才扛得起一個，列成盾牌陣。

接著又衝出近五百個弓箭手，在盾陣後橫排成四列，形勢登時吃緊起來，殺氣騰騰。

眾人的目光，全落在月靈臉上。

在月色下，月靈的俏臉如被一片聖潔的光輝籠罩，寶石的眸神，閃亮著難以形容的彩澤，淡淡道：「著所有人退往後山去，在堡牆上的則繼續留守。」

眾人大感錯愕。

龍鷹毫不猶豫的走到堡牆另一邊，向等待他們指示的皮羅閣和澤剛，發出月靈頒下的命令。

風過庭道：「盾箭陣開始向我們推進哩！」

龍鷹回到月靈身旁，心中的感覺說有多古怪便有多古怪。

兩大敵對鬼主，正展開正面對決。

月靈道：「全體伏下。」

她語調平淡，說的像是與己全無關係的事。

眾人隨她挨牆坐著。

月靈道：「以濕布帛掩著口鼻。」

十六個鷹族戰士忙取來布帛，浸得濕透後蒙在口鼻處。龍鷹等百毒不侵，根本不將毒煙放在心上。

倏地「嗤嗤」聲起，一排接一排的勁箭從堡外射來，有些撞在牆垛處，有些在頭頂飛過，顯示對方全是一流的箭手，令他們難以反擊，連探頭看一眼亦有被命中的風險。這般的四排箭手躲在盾陣後輪流發射，確實構成極大的威脅。一時間敵人佔盡上風，操控了主動。

「軋軋」聲響。

不用看已知是對方的弩箭機，在斜道上向堡門發射。

激烈的撞擊聲連珠響起，堅固的堡門傳來可怕的破裂聲音，更有鐵箭成功洞穿堡門，投往門後廣場的地上。

他們尚未有機會看堡門的情況時，投石機發射的聲音從臺緣處傳來，接著是漫天投來的毒火炮和石彈，高起三層的主殿首當其衝，擋著大部分火炮、石彈。鐵瓦激濺，窗破牆崩。

爆破聲音不絕於耳，毒火炮的射程較遠，不少越過主殿，落往王堡中間的位置，一股股又黑又臭的濃煙遍地冒起，隨風往城牆這邊吹來。因不少樓房被巨石轟穿，毒煙無孔不入的鑽進去，如非月靈有先見之明，後果不堪設想。

龍鷹歎道：「我們又給宗密智耍了一著，至少有十六臺投石機，毒火炮則超過百枚。他奶奶的，毒煙到！」

下一刻整個城牆已沒入濃煙裡，還往堡外的空間擴散。

弩箭機響，第二輪十二支重鐵箭，狠狠射在堡門處，其中一支更硬撼設置在堡門後檑石陣的底部。

堡門碎裂。

堆積如山的檑石，失去了平衡，朝前滾跌，先砸碎已殘破不堪的堡門，一發不可收拾下，就那麼沿斜道狂滾而下，石與石間激撞、與斜道發生磨擦，掉往兩旁石階的更彈跳著往下轟擊。

這個意外之變是他們沒想過的，叫好亦未趕得及時，下方已傳來淒厲的慘呼，弩箭機更給檑石帶得往下翻滾，立即報銷。

沒停過的箭攻，終於停下來。

月靈低喝道：「滅燈！」

眾人早鬱了一肚子氣，跳將起來，彎弓搭箭，射人射燈，痛快至極。

「嘭嘭」聲起，部分檑石直滾至撞車陣，方被擋箭板硬生生阻擋，而凡被大石轟中的撞車，變得左傾右側，擋箭板破損，可見斜道滾石的可怕威力。

月靈緩緩起立，目光投往陷於混亂裡的敵陣，仍是一副隔岸觀火，從容淡定的神態，如若處於同一地點卻不同空間般，道：「鷹爺就位。」

龍鷹一聲「遵旨」，移開去拏起兩個流星飛錘，閉目養神，將魔功逐漸催往顛峰，靜待月靈進一步的指示。

投來的再沒有毒火炮，只有石彈，不住在上方呼嘯而過。

敵陣的風燈一盞盞的熄滅，夜棲野大顯功架，百發百中。

倏地投石機響的聲音明顯減少。

月靈如親眼目睹般道：「宗密智在調校大半投石機的投擲角度，目標是我們王堡的堡牆。鷹爺！是時候哩！射人！」

龍鷹哈哈一笑，旋轉起來，霎時間人石同旋，發出如悶雷般的破風聲，眾人尚未看清楚他如何作動，流星飛錘一先一後已沖空而上，越過城牆，帶著他沒入籠罩著下層上空的濃黑毒霧去。

月靈同時發出全軍出擊的軍令。

龍鷹藉毒煙的掩護，完全避過敵人的耳目，飛渡五百多步的距離，落點正是位於第四層臺地的邊緣處，精準至他自己也大吃一驚，心中更是叫妙。

甫著地，周遭的四個敵人立即被流星飛錘擊中，骨折肉裂的拋飛開去，他的位置在撞車陣後和投石機陣之間寬若丈許的狹長地帶，地上仍有箭矢不及的特製風燈，照亮出一個個圓形光暈，像點綴戰場的圖案，煞是好看。

「砰砰！」

兩個流星飛錘隨他一個旋轉，先後擊中其中一臺投石機，投石機哪吃得住重達千斤的連續撞擊，登時木斷機裂，還將正操作投石機的多個敵人，連人帶車推得掉往下層去。

敵人至此方如夢初醒，吶喊狂呼的往他殺來。

龍鷹一聲長笑，身體化作陀螺的軸心，左右飛錘則變成繞身的千百陀影，如虎入羊群，所到處敵人拋飛倒跌，又將另一臺投石機轟得掉往下層，重物墜地的破碎聲隨之傳上來，還有駭然驚呼的聲音。

整個投石機陣陷進慌亂裡。

忽然勁風從天而降，龍鷹不用看也知宗密智持杖凌空突襲，他此際早將飛錘用至得心應手，錘隨意動，就那麼借錘力帶動，仰身上衝，迎上宗密智。

「噹！噹！」

宗密智連續兩杖，先後命中兩個上攻而來的飛錘，硬被龍鷹震得朝後飛退。龍鷹則哈哈一笑，飛錘借勢旋飛兩匝，又帶得他朝另一臺投石機筆直撞去。

「轟！」

投石機應錘而退，離開臺緣掉個粉身碎骨。

宗密智和一批鬼卒來了，今次是從地面來。龍鷹最善以寡勝眾之術，再變作急速旋轉的陀螺，往臺緣另一端旋去，所到處敵人四散躲避，誰敢攖其鋒銳？

宗密智和鬼卒雖窮追不捨，但被己方兵員阻路，始終差了一步，氣得宗密智等雙目噴火，偏一時仍莫奈他何。

龍鷹勢不可擋的衝殺，將軍容鼎盛的敵陣全搞亂了，陣再不成陣，陷於半癱瘓的局面。

驀地王堡處殺聲震天，在萬仞雨、風過庭、覓難天、夜棲野和鷹族戰士身先士卒下，二千多人，精力充沛至要找地方來發洩般，氣勢如虹的從堡門沿斜道奔殺下來。

只剩下月靈美麗的倩影，月夜幽靈似的俏立堡牆上，注視著下方血肉橫飛的戰場。

號角聲起，佈在第三層的敵方戰士，沿斜道擁上來支援己方的兵員，但已遲卻一步，被及時趕到的萬仞雨等截個正著，光是萬仞雨的井中月和風過庭的彩虹天劍，即足可令他們難作寸進。

「轟！」「轟！」

龍鷹脫手擲出兩個流星飛錘，砸得另兩臺投石機掉往下層，再施展彈射奇技，橫過戰場，朝正被夜棲野和覓難天聯手纏得沒法分身的宗密智投去。

宗密智邪功蓋世，若任他逞威，己方不知多少人會飲恨在他手上。所以在出城攻擊前，已擬定由夜棲野和覓難天纏死宗密智的對策。

換作任何人，亦難以在這個烏煙蔽月，燈昏火暗，兩方人馬混戰廝殺，撞車東歪西倒，地上盡是碎石殘片，還有頹垣敗瓦廣佈、混亂似末日的環境，一下子找到宗密智的位置，即使高明如萬仞雨或風過庭也不能，獨有龍鷹能感應到早前注入他體內的兩注魔氣，得來全不費功夫的尋到他。

烏刀照頭劈去。

單打獨鬥，宗密智已沒有收拾龍鷹的把握，且數次交鋒，均以他吃暗虧收場，現在正被兩大高手圍攻，給他個天大的膽子也不敢接龍鷹的烏刀，暴喝一聲，身隨杖走，騰身而起，橫過兩丈的空間，往下層投去。不過豈是說走便走，雖擋著夜棲野的一刀，卻被覓難天在背脊處劃出一道長達半尺的傷口，皮破肉裂。如非他有邪靈護體，保證可貫胸而入。

敵人再支持不住，紛紛躍往下層去，功夫好的，可安然著地，差些兒的便跌斷腿，總好過被人宰了。

龍鷹見對方逃不掉者，被己方戰士壓著來揍，再沒有反擊之力。大喝道：「將所有投石機、撞車和大木盾，全丟往下層去。」

眾戰士轟然響應。

下層號角聲起，從斜道殺上來的敵人，往下撤退。

一臺臺投石機被掀翻，滾跌往下層，撞車更從斜道推下去，下層的敵人紛往後撤，好移往箭矢的射程外。

第四層臺地屍橫遍地，再沒有活著的敵人，可知剛才戰況之慘烈。

龍鷹來到萬仞雨和風過庭旁，一起觀察敵況。

皮羅閣和澤剛來到龍鷹另一邊，前者道：「剛才是一面倒的戰爭，傷亡不過百人，但至少宰掉對方一千五百人。」

澤剛道：「敵勢已亂，該否乘勝追擊？只要能重奪石橋，哪怕宗密智不俯首稱臣？」

夜棲野道：「敵人退而不亂，非是沒有一戰之力，正如月靈公主說的，絕不可小覷宗密智，敢情他正佈下陷阱引我們去追擊他。」

萬仞雨道：「如非山城形勢獨特，我們是不可能取得這個成果的。我們若追殺對方，會被宗密智反過來利用形勢，殺我們一個片甲不留。」

龍鷹笑道：「何用傷腦筋？一切有大鬼主爲我們作主。」

轉身朝沒入牆頭暗黑裡的月靈打出請示的手勢。

月兒在消散的煙霧後現出仙蹤，勾劃出月靈高眺優美的身形，正向他們做出撤回王堡的手勢。

第十八章　此地一別

龍鷹挨堡牆坐著，閉目調息，希望可盡快復元過來。

剛才一戰，看似勝得乾淨俐落，事實上卻勝得極險，他還差點沒命。使動那雙流星飛錘，對他魔勁的需求，超乎他的估計，當每一刻都要將飛錘運動至潑水不入的狀態，以應付四方八面來的攻擊，真元飛快損耗，即使魔種也吃不消，所以在摧毀數臺投石機後，他不得不將飛錘脫手擲出，幸好此時己方兄弟及時殺至，敵人又給他殺怕了，避之如避瘟神，並不曉得他快將油盡燈枯。

整場堡外激戰的兩個關鍵，就是由風過庭和萬仞雨兩大高手穿破敵陣，死守斜道，令從下層來援的敵人沒法越雷池半步，沒法增援。可是兩人終會後勁不繼，一旦給突破此一防線，不單兩人要命喪當場，擁上來的敵人還會將守城軍粉碎吞噬。

另一關鍵是宗密智，他雖被覓難天和夜棲野纏死，可是只要一個機會，便可脫身，所以龍鷹雖然已是強弩之末，仍憑僅餘的魔勁，施展彈射，凌空攻擊宗密智，表面是勢不可擋，只他明白是虛張聲勢，只要宗密智肯擋他一招，立即可拆穿他。

幸好宗密智天性自私，對龍鷹更是忌憚至極，早成驚弓之鳥，不惜拚著受傷，亦要在龍鷹抵達前，為保命逃離第四層臺地的戰場。

主帥既去，原本士氣低落的敵人，哪還有苦戰下去的鬥志？紛紛躍往下層逃命，此長彼消下，守城軍一舉盡殲逃不掉的敵人。

月靈命他們撤返王堡，是英明的決定。

萬仞雨、風過庭、覓難天和夜棲野，全學龍鷹般背靠牆垛坐著，調息運氣，以應付敵人另一次進攻。但誰都清楚，沒有幾個時辰，休想回復至平常狀態。

宗密智今次發動了一萬五千生力軍來攻城，被他們擊潰的敵人，約在五千人間，對方仍未投進戰爭的兵力仍有一萬人。現在堡門已化為碎片殘木，如果兵力仍在他們五倍之上的敵人全力來攻門，又以雲梯、索鉤攀牆，一旦堡牆失守，那他們除突圍而逃外，再無他法，過去守城的血汗和努力，勢將盡付東流。

情況比他們好得多的皮羅閣和澤剛，分立月靈兩旁，觀察敵人的動靜。

牆內廣場上坐滿守城軍，沒有勝利的歡笑聲，只有沉重的呼吸，因為人人曉得還有一場非常難捱的攻守硬仗。

丁娜四女、小福子、越大三兄弟和哥朔夫妻三人，則忙著爲傷兵敷上刀傷藥，包紮傷口。

龍鷹感到雙手仍不受控制的微微抖顫著，疲倦一陣一陣的侵襲，但精神仍處於晶瑩剔透的狀態，可知魔種雖無有窮盡，肉身卻始終有限。道：「我聽到宗密智和兩族主將激辯的聲音。」

萬仞雨睜眼道：「有救了！」

澤剛精神大振，道：「敵人愈遲來攻，對我們愈有利。」

風過庭閉著眼睛道：「你聽到他們說甚麼嗎？」

龍鷹辛苦的笑道：「聽不清楚也可猜到，宗密智對兩族主將的拒命怒火沖天，各打三百大板，譏他們膽小如鼠，白白錯過獲取最後勝利的機會。還說如敢抗命，會下毒咒對付他們全家。兩大主將則據理力爭，說新敗之後，士無鬥志，兼要仰攻王堡，只要對方再來個檑石陣，又或從牆上擲下大石，他們便要吃不完兜著走，不曉得我們不但無石可擲，還沒有氣力去搬他們投進來的石彈。哈！差點忘了，兩大主將心中還在嘀咕，宗老哥你這麼有膽色，爲何第一個逃離戰場者的榮譽，卻由你勇奪。哈！」

連一直沉住氣調息的夜棲野也忍不住笑起來。

萬仞雨笑罵道：「你這小子，在這時候仍說笑。」

覓難天喘著氣艱難的道：「不要引我發笑，每個傷口都會淌血。」

他們四人身先士卒，勢如破竹的突破對方刀盾手和刀箭手的強大防線，奠定勝局，當然要付出代價。

事實上四人加上鷹族最出色的戰士，一下子便將敵人斷成兩截，又分別堵截下層來的援軍，纏著宗密智和他所餘無幾的鬼卒親衛，令其他人可壓著對方來打，配以龍鷹的大肆破壞和搗亂，是成敗的原因。

皮羅閣沉聲道：「如果我處於兩族主將的位置，亦要拒絕宗密智的命令，因爲他們最害怕的人，再不是宗密智，而是鷹爺。若再有失，他們將沒法保持元氣，還要把本族賠進去。宗密智的霸主夢，該完蛋了。」

向月靈道：「王妹有何看法？」

牆頭靜下來，聆聽月靈的指示。

今次的勝利，全賴她有如未卜先知的調兵遣將。此刻的她在眾人眼裡，已不是未足十六歲的少女，而是嬌貴公主和法力無邊能跨越生死界線的大鬼主的混合體，到這裡來與不可一世的宗密智正面對決。

月靈的聲音似在虛無裡響起來，不假修飾的吐出每一個字，突破了似被凍結的時間，又像架起了「前生」和「今世」的那座橋樑，既不自戀，也不自憐，素淨美麗的聲音在他們耳鼓內響起道：「在這裡守著王堡的每一個人，都是英雄和勇士，我要祝福你們每一個人。任宗密智如何喋喋不休，但已無復先前之勇，亦沒法驅使其他人爲他犧牲性命，擺在他眼前的只有亡命天涯的末路，直至被你們殺死。」

她的說話，一如和煦陽光般撫摸著他們疲乏的心，似是讚美和祝福，但卻更像「道別」，特別最後一句的「你們」，並沒有把「自己」包括在內，像是已完成了任務，從此雲散煙消。但眾人當然曉得事實上非是如此，「她」已化爲美麗的公主，與她的庭哥兒再續未了之緣。所有這般的感受，形成他們心中奇異難言的滋味。

月靈的聲音更溫柔婉約，哄孩子般道：「好好睡一覺吧！明早醒來後，一切都不同了，也永遠回復不了先前的樣子。」

最聽她話的不是她的庭哥兒，而是龍鷹，立即進入魔種式的深沉睡眠去，遠旅至夢鄉的至深處。

歡呼震堡。

龍鷹睜開眼睛，本坐在兩旁的戰友兄弟，全站起來，極目堡外。黑夜被日光取代，闔眼開眼，已是翌日清晨。

龍鷹長身而起，朝山城下方瞧去，敵人在底層處結成陣勢，非爲攻擊，只是掩護己方部隊撤退。

以千計的敵人，朝石橋方向陣容整齊的急步走，石橋外高處均佈有騎隊。

龍鷹訝道：「公主呢？到哪裡去了？」

萬仞雨伸個懶腰，道：「公主一句『宗密智走了』，便回望海亭，還召了公子陪她一道走。哈！睡得好嗎？」

龍鷹道：「難怪我做了個好夢，原來老宗飮恨而去。哈！看來昨夜我們是白擔心了，敵人對我們的畏懼，遠大於我們害怕他們，故要耽至天明，方敢撤走。」

覓難天來到兩人中間，探手擁著兩人肩頭，心滿意足的道：「終於贏了，這將是我活到今天最深刻和動人的回憶，每一刻都面對死亡，我的劍法肯定有天大得益。如鷹爺的口頭禪，爽透哩！」

夜棲野在另一邊摟著龍鷹道：「我們第一次出山，竟能參與這空前盛舉，是我們鷹族的福緣和殊榮。」

其他鷹族戰士、皮羅閣、澤剛等在堡牆上的所有人，紛紛圍攏過來，二十多人摟作一大團，只有透過親熱和充滿陽剛氣的接觸，方能表達心中的狂喜，分享成功的苦與樂，特別是守城的過程如此地讓他們歷盡艱辛，那種得來不易的成就感，格外迷人。

後方傳來擊鼓的聲音和陣陣潮汐般的歡笑、怪叫和鼓掌聲。鼓音輕快，沒法以言語表達的深刻情緒，隨鼓音穿骨透髓直送入他們的心裡，宛如戰勝的美妙符咒。

不知誰叫道：「我們的女戰士跳舞哩！」

澤剛歎道：「我永遠忘不掉這一刻。」

一眾鷹族戰士轉往後方去，好觀看丁娜四女裸形族的勝利之舞。剩下龍鷹、萬仞雨、覓難天、夜棲野、皮羅閣和澤剛六人倚牆而立，監視敵人撤走的情況。沒有了宗密智，蒙巂和越析兩族失去了凝聚的中心和力量，再沒法統一在同一的旗幟下。

皮羅閣道：「拆營帳哩！」

龍鷹等這才真正鬆一口氣。

萬仞雨道：「真正使敵人退兵的原因，除了沒有攻下王堡的信心和把握外，更因受我們『圍魏救趙』的招數影響，既負擔不起更大的兵員折損，更怕被纏得沒法脫身。」

澤剛道：「對方亦不得不考慮已與白族結下深仇，會不住有人從海路來援。」

覓難天欣然道：「此爲久攻不下的惡果。」

夜棲野向龍鷹道：「我們十七個兄弟，決定陪你們到滇池去，白族一向與我們關係密切，丹冉大鬼主更是我們最尊敬的人，怎可坐看白族遇劫遭難？」

龍鷹大喜道謝。

鷹族戰士人人有以一當百的勇力，兼且大家在過去的個多月出生入死，合作慣了。多了他們，等於一支精銳部隊的加盟。

澤剛苦惱道：「此事本是義不容辭，不過酋父有令，此處事了，必須立即趕回去，以應付大變後來的變化。」

萬仞雨道：「當然是本族的事最要緊，何況有鷹族兄弟出手相助，已是足夠有餘。對澤剛兄我們是非常感激。」

覓難天道：「眞的走哩！」

眾人俯瞰石橋方向，敵方最後一支騎隊，緩緩過橋，丘陵地的敵人，明顯分成兩軍，位於西面的一軍高舉蒙巂詔的旗幟，東面是越析詔的部隊。顯示對方不會逗留，集齊人馬後立即返國。

皮羅閣神情專注的打量兩軍，深吸一口氣道：「精采！精采！敵人的實力毫無保留的盡現眼前。蒙巂詔的折損，比越析詔更嚴重，只剩下不到一萬二千人，還有大批傷兵。越析詔比較好一點，但仍不逾一萬五千人。哈！今次他們給宗密智累死了。」

接著向龍鷹等道：「我恨不得能隨一眾大哥到滇池縱橫快意，可是由於我族已和蒙巂詔開戰，所以必須立即趕回去。」

轉向澤剛道：「這裡的殘局，煩請王子主理，爲感謝王子，敵人遺下的大批戰利品，我一件不取，全歸施浪詔。」

澤剛喜上眉梢，上次得到的大批戰利品，令施浪詔國勢陡增，得族人擊節誇讚，今次又滿載而歸，勢將他的聲譽和地位推上頂峰。忙道：「這是分內事，王子眞客氣。」

覓難天道：「勝前勝後都是這麼團結和氣，非常難得。」

各人湧起圓滿的感受，只有龍鷹對皮羅閣和澤剛的差異掌握得更清楚，不論志向和目光，皮羅閣都比澤剛高瞻遠矚。當然，在未來的一段長時間內，兩人將保持友好關係，可是當皮羅閣滅掉實力被大幅削弱的蒙巂詔，勢力會探入洱西平原，便很難預料未來兩人關係的變化。

龍鷹有點痛恨自己想得這麼多這麼遠，有時無知可令人能安於眼前的歡樂。

小福子此時撲上牆頭，高嚷道：「打勝仗哩！」

過來俯伏城垛處，手舞足蹈的道：「走哩！走哩！」

堡內的人全衝往堡外去，親眼目睹敵人一分爲二，各朝本族所在的方向撤走。

龍鷹和萬仞雨立在石橋中央，回想過去數十天不住失去又重奪此橋，百感交集。

瓦通來了，興奮的道：「我族凡能抽身者，都會隨鷹爺去，我怕有人技藝不精而累事，所以嚴格挑選，到最後只得二十五人，加上我，是二十六個，但保證全是能以一當十的好手。」

龍鷹喜道：「如此更爲理想，準備好了嗎？」

瓦通道：「一切準備就緒，鷹爺一聲令下，即可起行。」

萬仞雨道：「道路怎麼走？」

瓦通道：「攀山越嶺比騎馬更快，依我估計，十五天可抵滇池。」

龍鷹道：「待公子和公主到後，我們立即起程。」

瓦通退往一旁，讓丁娜四女、越大三兄弟、小福子和哥朔等來話別。

丁娜不依道：「我們四姊妹要隨鷹爺去呵！沒有我們，誰來伺候你？」

小福子輕輕道：「究竟是誰伺候誰？哎喲！」

揪著他耳朵的丁麗狠狠道：「未大先壞，竟敢來調侃我們。」

小福子笑嘻嘻道：「經一事，長一智，何況是洱濵區有史以來最激烈的攻防戰，我已變得又大又壞，待會便坐三位老大的船到新城去泡妞。今時不同往日，誰還敢小覷我小福子？噢！痛呵！」

丁麗放開手，向龍鷹道：「我們也要去呵！」

龍鷹早拒絕了她們一次，微笑道：「還不夠累嗎？到新城湊熱鬧吧！輕鬆一下。一個月內我會回來探望你們，最要緊的是不要隨處亂跑，使我找不到你們，因爲我接著便返中土去。」

眾女齊聲歡呼，不再在此事上纏他。

夜棲野領鷹族戰士來了，前者道：「有點改變，我們須分出兩人，將陣亡者的遺體送回鷹窩安葬，並順便領所有鷹兒回蒼山，怕牠們在外太久不習慣。」

龍鷹點頭道：「明白！」探手拍拍他肩頭，以示慰問。

風過庭、覓難天、皮羅閣和澤剛聯袂而來，卻不見月靈公主。

萬仞雨訝道：「公主呢？」

風過庭道：「她不習慣與人相處，會遠遠的跟著我們。」又攤手笑道：「自從在洱西集遇上她，一直是這樣子。」

皮羅閣一把抓著風過庭臂膀，言懇詞切的道：「等我的好消息。」

覓難天道：「全靠王子哩！否則要老天爺開金口才成。」

龍鷹振臂高呼道：「是時候哩！救人如救火，我們先行一步，各位兄弟，此地一別，不知何時方有再見之日，便藉此機會送上祝福，最重要的是活得痛快，不枉此生。」

眾人轟然吶喊喝采，惹得正在城內收拾殘局的戰士大聲回應，一時山鳴谷應，迴響不絕。

《日月當空》卷十三終

新人間⑰⑤

日月當空〈卷十三〉

作　者—黃易
主　編—嘉世強
編　輯—邱淑鈴
執行企劃—林貞嫻
校　對—陳錦生、邱淑鈴、黃易
董事長
發行人—孫思照
總經理—趙政岷
出版者—時報文化出版企業股份有限公司
10803台北市和平西路三段二四〇號三樓
發行專線—（〇二）二三〇六—六八四二
讀者服務專線—〇八〇〇—二三一—七〇五
（〇二）二三〇四—七一〇三
讀者服務傳真—（〇二）二三〇四—六八五八
郵撥—一九三四四七二四時報文化出版公司
信箱—台北郵政七九～九九信箱
時報悅讀網—http://www.readingtimes.com.tw
電子郵件信箱—liter@readingtimes.com.tw
法律顧問—理律法律事務所　陳長文律師、李念祖律師
印　刷—鴻嘉彩藝印刷股份有限公司
初版一刷—二〇一二年十一月一日
定　價—新台幣二二〇元
⊙行政院新聞局局版北市業字第八〇號

國家圖書館出版品預行編目（CIP）資料

日月當空 / 黃易著. -- 初版. -- 臺北市：時報文化, 2012.11-
冊；　公分. --（新人間；163-）

ISBN 978-957-13-5842-0（卷13：平裝）

857.9　　101021080

ISBN 978-957-13-5842-0
Printed in Taiwan